李计堂 著

故乡那条河

山西出版传媒集团　三晋出版社

图书在版编目(CIP)数据

故乡那条河 / 李计堂著-- 太原：三晋出版社，2025.5 --ISBN 978-7-5457-3283-2

Ⅰ.Ⅰ227

中国国家版本馆 CIP 数据核字第 2025ZC6969 号

故乡那条河

著　　者：李计堂
责任编辑：落馥香
出 版 者：山西出版传媒集团·三晋出版社
地　　址：太原市建设南路 21 号
邮　　编：030012
电　　话：0351-4922268（发行中心）
0351-4956036（总编室）
0351-4922203（印制部）
网　　址：http://www.sjcbs.cn
经 销 者：新华书店
承 印 者：长治市华源宏达印刷有限公司
开　　本：787mm×1092mm 1/32
印　　张：15
字　　数：200 千字
版　　次：2025 年 5 月　第 1 版
印　　次：2025 年 5 月　第 1 次印刷
书　　号：ISBN 978-7-5457-3283-2
定　　价：89.00 元

如有印装质量问题,请与本社发行部联系　电话:0351-4922268

拳拳赤子心，浓浓故土情（代序）

李计堂，土生土长的兴县人，由于种种原因，他初中未毕业就回村务农。他不甘于贫穷落后，为发家致富、改变命运学习各种技能，用他自己的话说："开过豆腐房，办过养猪场，当过小石匠，跑过大货车。"为了养家糊口，十八般武艺都尝试过。

李计堂是一个诗情激荡的诗人。他从小酷爱文学，生活的磨难，没有泯灭他的文学梦想。黄土高坡这片沃土，滋润着他的创作灵感，这里的风花雪月、风土人情丰富着他的创作素材，晋西北的乡土文化给予他潜移默化的影响，他孜孜不倦地进行文学创作，成为远近闻名的农民诗人。他用群众喜闻乐见的文学形式进行创作，主要形式有诗词、歌词、快板、顺口溜等。其诗作形成了简明朴实、生动灵活、朗朗上口的风格。

计堂也是一个卓有成就的田园诗人。从2017年起，他将自己的作品记录下来，并在各种平台、文学刊物上发表，其作品被业内称赞为黄土高原的信天游。其中，《贫困户贵贵》获吕梁市委宣传部表彰，《打工的哥哥回来了》，登上了刊物《昌平文艺》。他的民歌歌词创作更是出类拔萃，受到了许多音乐家的青睐和重视，曾经先后和王瑛、康湘坪等5位音乐作曲家合作，推出《兴县人》等音乐作品14部。《我的老父亲》《高粱红了》得到兴县县委宣传部的扶持推广，《这些人》被评为山西音乐家协会"决胜全面小康，决胜脱贫攻坚"主题歌曲优秀作品，由他作词的《兴县人》《高粱红了》《固贤颂》《我的老父亲》等歌曲，在吕梁、忻州地区广为传唱。

灵性天然无雕琢。——这是计堂诗歌的一种境界。率性而为，直抒胸臆，即情即景，即兴表现，抒真情，表真爱，写真心，正是他诗歌创作简洁明了的特色。

"一花一草皆风景，一枝一叶总关情"。他将故乡作为吟咏的对象，浓浓的乡愁，深深的记忆，炙热的情感，寄于明月山河、田野老树，故乡的四季风景都入其诗。他的诗，既寄托了赤子情怀，更深层次地书写着这方土地

上父老乡亲的人格品质和精神风貌。真情在他的作品里涌动,有着兴县一方人的豪迈气概:

晋绥首府兴县人
爱憎分明赤诚心
当年抗战义凛凛
老少支前齐拥军
吕梁英雄军威震
兴县儿女留英名
啊
黑茶山险峻
蔚汾河水清
山青水秀孕育了代代兴县人
黄河水滚滚
枣园情深深
黄河枣园是割不断的故乡情

晋绥首府兴县人
饮水思源颂党恩
凝心聚力再发奋

众志成城砥砺行

晋绥儿女复兴任

美丽乡村惠万民

啊

兴县人勤劳

兴县人智慧

勤劳智慧换来了今天的好光景

兴县人诚实

兴县人守信

诚实守信唱出了时代好声音

  诗人用前后承接法，突出了兴县人战争年代的英勇无畏与大义凛然的英雄性格，今天的勤劳智慧、诚实守信的优秀品德，唱响新时代兴县人脱贫攻坚决胜小康的豪迈气概与精神。

  诗中也有脱贫攻坚的自信与奋发：

前些年这些人
来到我们村
走家入户访民情
要帮我们拔穷根

啊——
人人有热情
干群一条心
发展方向把握准
共把富路寻

到后来这些人
常住我们村
引进技术筹资金
一天到晚忙不停
啊——
不是一家人
胜似一家亲
手拉手来心连心
敲开致富门

到如今这些人
还住我们村
田间地头见身影
真心帮扶暖人心
啊——

情深意也浓
永远记心中
家家能把收入增
小康路上行

歌颂了扶贫工作队帮助群众发展产业、增加收入、致富奔小康的事迹。乡村振兴，主要是产业振兴，计堂赞许工作队员，也是对兴业富民的热切希望。我和计堂有过短暂接触，听到过他带领群众致富的事例，如发展玉露香梨、栽培"红钙果"等产业。作为一个村干部，他风尘仆仆、跑前跑后，从引种到销售，为群众一条龙服务，是吃苦耐劳的好干部。

诗集中充满了情深意切的亲情，如《我的老父亲》：

你是一座山
托起了我的脊梁
你是一把伞
撑起了我的天
你用头上的汗
滋润我的心田

你那手上的茧

激励我要坚强

啊！父亲

我的老父亲

你用一生的坎坷

换来家的温暖

你那浑浊的眼

依然是那样慈祥

你那苍老的脸

依然是笑容满面

你不停的脚步

仍旧那样匆忙

你佝偻的身躯

还是不能清闲

啊！父亲

我的老父亲

你用朴实的语言

鼓励我永向前

"为人当思父母恩",听着这样的歌,父母的音容笑貌仿佛浮现在我们的眼前,回荡在我们的耳边,引发着人们的联想。对父母的爱,对妻子的爱,对儿女的爱,以及对乡里乡亲的善待,这是我们山里人善良厚道的标志。

当然,其中也不乏火辣辣的爱情诗,如《挑来挑去就相下个你》:

>白生生的馍馍黄澄澄的米
>端起个饭碗碗就想起个你
>想妹妹你那柳叶叶眉
>想妹妹你那樱桃桃嘴
>想妹妹你那两眼眼水
>想妹妹你那脸蛋蛋美
>哎呀呀
>黑夜想妹妹我不想睡
>早上想妹妹我不想起
>想来想去就是没主意
>不知道怎么告诉给你

树梢梢的枣儿圪枝枝上的梨
十里八村的姑娘就数你
耕地时我就扔下个犁
一阵风跑着去看你
墙头高来我身子低
心急火燎见不到个你
哎呀呀
想你的话话不再藏心里
鼓起个勇气来说出嘴
我挑来挑去就相下个你
不知道妹妹愿意不愿意

  这是山里人谈情说爱的火辣情怀,直爽豪放,有话直说,朴实而浪漫,有一种阳光灿烂、柳暗花明的美感。
  "窥一斑而见全豹",计堂的诗很丰富,用不着多举例,我们就可感受到他浓郁的乡土情怀——满腔热忱的对故乡的热爱、眷恋、回忆和期盼。故乡不仅风光秀美,青山绿水,而且,父老淳朴敦厚直率,闪现着人性之美、真情之美。所以,诗文里是满满的对故乡山和水的欣赏,对人和事的赞美,对情和意的讴歌,是对故乡的浓情礼赞!这样扣人心弦的情感抒发,定然会吸引和感染更多的人去关爱农业、农村、农民。

"能于浅处见才,方是文章高手"。计堂的诗,能在故乡平常的风景里咏出无穷的意韵,可见他的才情横溢,诗情澎湃,对故乡的一往情深。情动于中,咏出精彩,那是水到渠成的事。

我和计堂先生直接接触不多,网上交流不少。很欣赏他的才思敏捷和快人快语,每每为他的乡土情怀所感动。现在,他的诗结集出版,这是好事。他约我作序,我欣然应允,再次细读他的作品,观感如上。因我学识浅薄,文笔平平,词不达意,在所难免。

一首《故乡情》小诗,赠与计堂,以示鼓励和赞誉:

山为脊梁水为魂,生花妙笔写乡村。

风光秀美古来见,父老亲情此处根。

有爱人间难阅尽,蹉跎岁月又重温。

一歌一曲藏真韵,天下农家最是尊。

是为序。

李喜平

2025年1月15日

目　录

拳拳赤子心，浓浓故土情
（代序）·············· 001

第一辑　歌词

　天山南北的情义 ······ 003
　兴县姑娘 ············ 004
　你是否把我想起 ······ 005
　分离 ················ 006
　遥远的呼唤 ·········· 007
　小菜园 ·············· 008
　师生情 ·············· 009
　如风岁月 ············ 010
　梦回蔡家崖 ·········· 012
　我是天河里的星一颗 ··· 013

　吕梁山植树人 ········ 014
　回家 ················ 015
　那件睡衣 ············ 017
　总书记来到蔡家崖 ···· 018
　我是快乐的老司机 ··· 019
　打木瓜 ·············· 020
　欢迎你到兴县来 ······ 021
　我看家乡胜江南 ······ 022
　你的样子 ············ 024
　山沟沟里的马茹茹花 ··· 025
　固贤颂 ·············· 026
　槐花乡里槐花香 ······ 028
　四十年后再相会 ······ 029
　木瓜花 ·············· 031

今夜雨沙沙 ………… 032	妹子的毛眼眼 ……… 059
乡下的老院 ………… 033	梦故乡 ……………… 060
儿子 ………………… 034	心中的蔡家崖 ……… 061
纳鞋垫 ……………… 035	我的老父亲 ………… 063
黄昏 ………………… 037	霞光洒满小山村 …… 064
古村店子上 ………… 038	挑来挑去就相下个你 … 065
美丽的黑茶山 ……… 039	山谷春色 …………… 067
吕梁盛开文明花 …… 041	这些人 ……………… 068
骑单车的姑娘 ……… 042	高粱红了 …………… 070
荞麦花 ……………… 043	兴县人 ……………… 071
打谷场上油糕香 …… 044	土土的顺口溜 ……… 072
山里人家 …………… 045	春风又拂桃花山 …… 073
碌碡又滚打谷场 …… 047	
故乡的老屋 ………… 048	**第二辑 诗歌**
山丹花 ……………… 049	蔚汾河边好风光 …… 077
山上又开山桃花 …… 050	乡愁 ………………… 078
家乡的醋溜溜 ……… 052	故乡 ………………… 080
狗尾草 ……………… 053	中秋夜 ……………… 082
梦回楼兰 …………… 054	农家十二月 ………… 083
橙色英雄——消防队员之歌	燕南飞 ……………… 086
………………… 056	固贤书院礼赞 ……… 087
我家住在山里面 …… 057	春燕 ………………… 089
黄昏的河堤 ………… 058	秋夜思 ……………… 090

002

女人如花 …………… 091	春意浓 …………… 124
七夕感怀 …………… 092	春天的交响 ………… 125
夕阳画了一幅画 …… 093	二月二 …………… 126
十二生肖 …………… 095	桥上 ……………… 127
静夜蝉鸣 …………… 098	扶贫政策就是好 …… 128
柴篱笆上开出牵牛花 … 099	早春 ……………… 129
七一感怀 …………… 100	初春 ……………… 130
磨道驴 ……………… 103	年味里的乡愁 ……… 131
午夜买醉 …………… 104	再唱小芳 …………… 133
沧海怀古 …………… 105	故乡恋 …………… 135
游山海关 …………… 106	回乡 ……………… 136
北戴河培训 ………… 108	夕阳下的老妈 ……… 137
浪淘沙·北戴河 …… 109	农家乐·冬雪 ……… 138
赞固贤 …………… 110	春来了 …………… 139
故乡的月光 ………… 111	乡村年味 …………… 140
惆怅 ……………… 112	悼张枚同先生 ……… 142
母亲的炊烟 ………… 113	秋色 ……………… 143
春天里的遐想 ……… 115	酸楚的感觉 ………… 144
又见槐花香 ………… 116	秋到农家 …………… 145
平凡的妈妈 ………… 117	城市的天 …………… 147
故乡山川 …………… 119	思念 ……………… 148
春光美 …………… 120	故乡 ……………… 149
兴县好姑娘 ………… 123	新年抒怀 …………… 152

003

我和刀郎 …………… 153	离愁 ………………… 191
雪花纷飞的时候 …… 154	领袖心系蔡家崖 …… 193
我用目光和你聊天 … 155	蔚汾河边是家乡 …… 194
高如星 ……………… 156	赶山汉子 …………… 195
望着月亮的时候 …… 158	拾麦穗 ……………… 197
想念雪花 …………… 159	一缕春光 …………… 198
故乡记忆 …………… 160	魂在故乡 …………… 198
回兴县 ……………… 162	三月春光到农家 …… 200
故乡 ………………… 167	老院情 ……………… 201
老伴 ………………… 168	童趣两首 …………… 202
割不断的乡愁 ……… 169	农民父亲 …………… 205
今夜的月亮 ………… 170	相思的夜晚 ………… 206
牵挂 ………………… 171	五月槐花香 ………… 207
新枫桥夜泊 ………… 172	夕阳泪 ……………… 208
回到蔚汾河 ………… 173	我们的童年 ………… 210
我问了秋风问苍天 … 176	一河春色 …………… 211
向着美好未来前行 … 177	庄户人 ……………… 212
我们农村人 ………… 179	清明寻根 …………… 213
七夕夜 ……………… 182	北国春色 …………… 214
喜临门 ……………… 183	春讯 ………………… 215
蔡家崖,我回来了 …… 184	同学赋 ……………… 217
回乡有感 …………… 186	山泉水 ……………… 218
浇不灭的乡愁 ……… 190	走在村外的小路上 … 219

羊倌歌 …………… 220	春苗儿 …………… 250
故乡恋 …………… 221	小村晚景 ………… 251
春潮 ……………… 222	那一串槐花 ……… 252
春风 ……………… 223	故乡啥也亲 ……… 253
喜鹊和麻雀 ……… 224	最远的地方 ……… 254
匆忙的年 ………… 225	想起妈妈 ………… 255
春风来敲我的门 … 226	今夜的月光(写在母亲节)
返乡过年 ………… 228	………………… 257
那拉提的冬景 …… 230	山村春色 ………… 258
腊八情思 ………… 231	红枣宴 …………… 259
梦回故乡 ………… 233	黄河姑娘 ………… 260
妈妈的炊烟 ……… 234	枣花赞 …………… 262
小村春夜 ………… 235	原野放浪 ………… 263
故乡秋色 ………… 237	村干部之歌 ……… 265
落叶的恋情 ……… 238	再唱九九艳阳天 … 266
中秋思乡 ………… 239	春耕忙 …………… 267
家乡 ……………… 240	梨花情 …………… 269
兴县打工谣 ……… 241	回茶山 …………… 270
八一有感 ………… 242	元宵 ……………… 273
梦里河堤 ………… 245	儿时的年 ………… 274
小院夜景 ………… 246	子夜,听落雪的声音 … 276
百年辉煌 ………… 247	碛口是个好地方 … 277
那年麦收时 ……… 248	山里姑娘 ………… 279

005

茶与酒 ……………	280	麦场　碌碡　麻雀　老榆树	
雪花吟 ……………	281	…………………	309
酒乐 ………………	283	火红中国年 …………	312
娶媳妇 ……………	284	那条麻花辫 …………	313
秋霜 ………………	285	立春 ………………	314
我是谁 ……………	286	黄河在这里拐了个弯 …	315
国庆抒怀 …………	287	又见雪花飞 …………	316
唱不烦的《澎湖湾》…	288	五月槐花美 …………	317
乡思 ………………	290	雪花是梅花的情侣 …	318
编箩筐 ……………	291	我爱家乡的谷子地 …	319
七月里来到农家 ……	292	农夫自嘲 ……………	320
故乡的老屋 ………	295	乡愁——过年 ………	322
美丽黑茶山 ………	296	记忆中的娶媳妇 ……	323
凝望 ………………	297	怀念周总理 …………	324
山乡春色美 ………	298	农家乐——大雪 ……	326
月光吟 ……………	300	村口的老榆树 ………	328
庄户人家 …………	301	秋 …………………	329
早春数友 …………	302	酒泉之想 ……………	330
昨夜的雨 …………	304	秋风 ………………	331
我爱春天 …………	305	乡村爱情 ……………	333
清明 ………………	306	茶山风光无限好 ……	334
春居山村 …………	307	故乡那片云 …………	335
又到三月三 ………	308	枣儿红了 ……………	336

七夕 ················ 338
破茧 ················ 339
乡恋 ················ 340
雨夜宿茶山 ·········· 341
山里风情 ············ 343
父爱母爱 ············ 345
再赞家乡蔡家崖 ······ 346
父亲节随想 ·········· 348
狠心的哥哥何时回 ··· 349
走进这果园 ·········· 350
致母亲 ·············· 351
孤独的守候者 ········ 352
酒泉不是酒乡 ········ 353
祖国母亲 ············ 354
余光中就在乡愁里 ··· 356
北国春色也醉人 ······ 357
桃花吟 ·············· 358
春来了 ·············· 359
春天 ················ 360
茶山风光 ············ 362
谁不夸我寨滩好 ······ 363
枣花 ················ 364
欢快的枣花节 ········ 365

野马 ················ 366
留守儿童的呼声 ······ 367
相爱的人儿永不老 ··· 368
春的脚步 ············ 369
冬日寻春 ············ 370
踢毽子的姑娘 ········ 371
雪花吟 ·············· 373
望江楼有感 ·········· 374
月亮的鼾声 ·········· 375
乡下的磨盘 ·········· 377

第三辑　顺口溜

晋绥情·我的名字叫来兵
  ·················· 381
夸兴县 ·············· 385
请你做客来固贤 ······ 392
喜闻静兴高速开通 ··· 394
静新高速通车了 ······ 396
两会精神暖人心 ······ 397
苦菜谣 ·············· 402
城乡通了公交车 ······ 404
良心的故事 ·········· 406
贫困户的故事 ········ 420

移风易俗好风尚 …… 427

扶贫开出幸福花 …… 430

老鼠娶亲 ………… 435

学习二十大,放歌新农村
………………… 444

兴县杂粮赛珍宝 …… 448

说微信害人 ………… 456

后　记 ………… 459

第一辑

歌词

天山南北的情义

那夜的雨
是我伤心的泪滴
我在雨中悄悄离去
带着蜂群来到伊犁
啊牧羊人
请你原谅我不辞而别
请你一定要把我忘记
因为我知道
羊儿离不开草地
蜜蜂却要追着花期

今夜的你
又把冬不拉弹起
忧伤的琴声
倾诉着心中的悲凄
啊牧羊人
请你不要这样地忧郁
请你不要这样地低迷

让我们的情义
回荡在天山南北
成为一段美好的回忆

兴县姑娘

白生生的脸来细溜溜的眉
亮晶晶的眼来红樱樱的嘴
脆生生的笑声山沟沟里飞
听的那拉车的牛迈不开个腿
哎
兴县的姑娘实在美
好像山丹丹花正开
娇艳艳的样子惹人醉
谁能不说你的(个)美

面条条的胳膊藕根根的腿
苗条条的身材俏溜溜的美
黑油油的头发轻飘飘地飞
看的那过路的后生们流口水

哎

兴县的姑娘实在美

好比红枣枣沾露水

水灵灵的样子惹人爱

谁能不夸你的(个)美

你是否把我想起

忙忙碌碌中

我已把你忘记

生活的压力

压的我是难以喘气

面对生活只能更加卖力

拖家带口的日子

就是这么苍白无力

不知哪天才会有转机

直到有一天

突然把你想起

不知受伤的你

日子过的是否顺意
这么多年可曾把我想起
明知道相见无期
可还是要这样惦记
也许心里始终放不下你

分　离

为什么我要离开你
跑到这纷乱的城里
听着各种刺耳的声音
眼眶里转动着委屈的泪滴
哦
不是你要抛弃我
不是我要背叛你
只是为了这生活
我们不得已分离

为什么还要惦念你
为什么这样的悲戚

过着这不安稳的生活
未来总是这样的扑朔迷离
哦
虽然你还想着我
虽然我还恋着你
心中纠结无法说
痛苦只好藏心底

遥远的呼唤

习习的晚风敲打着窗门
皎洁的月光播撒着柔情
疲惫的人啊心在隐隐作痛
游荡的魂啊何时才能安宁
远离家乡追求梦中的生活
谁知梦境却这样令人伤心
让我痛的哭不出声
只是在心里默默呼唤
故乡,我的娘亲
故乡,我的娘亲

躁动的心情不能够平静
缠绵的思念如波涛汹涌
故乡的娘啊是否辗转难眠
思儿的泪啊是否洒满了枕
蓦然回首才发现故乡是根
远隔千里却也连着我的心
让我感到无比温馨
不由自主地大声呼唤
故乡,我的娘亲
故乡,我的娘亲

小菜园

太阳爬上东山头
麻雀树上又开口
看到我的小菜园
心里乐悠悠
你看那青椒个个大块头
黄瓜一根一根顺溜溜

紫皮的茄子闪亮光呀
碎纷纷的芫荽笑开口

葡萄架下猫和狗
无忧无虑正嬉逗
蝴蝶翩翩凑热闹
闻闻又嗅嗅
摸一摸西红柿的红脸蛋
摸一摸白菜的圆大头
牵一牵水葱的长胳膊
拉一拉豆角的嫩手手
心里乐悠悠,乐悠悠

师生情

风筝遇上春风
定然会翱翔碧空
禾苗遇上甘霖
定然会郁郁葱葱
我遇见了你

你给我教诲谆谆
啊,敬爱的老师
你那生动的语言
就像一盏引路明灯
照亮了我前行的路程

鱼儿遇上河水
定然会喜不自禁
蓝天遇上白云
装扮出美丽风景
我遇见了你
你为我指点迷津
啊,敬爱的老师
你那慈祥的笑容
总是那么的和蔼可亲
深深地印在我的心中

如风岁月

当年你笑靥如花

带着一丝羞答答
毛忽笼笼的眼睛
好像是会说话
一头乌黑的头发
梳成个马尾巴
你把头靠在我肩上
轻轻说着些知心话
我只感到你吐气如兰
迷人的香味在飘洒

如今你老眼昏花
头上已布满苍发
暗然无神的眼睛
看着我不说话
深深的皱纹里
遮掩着酸甜苦辣
漠然的表情里
深藏着对儿孙的牵挂
弯了的腰驼了的背
勾出一幅悲壮的画

梦回蔡家崖

一个地方让我时时牵挂
它就是那美丽的蔡家崖
常常想起支前的大爷
还有热心拥军的大妈
多想坐在房东那炕沿上
喝一碗热腾腾的羊油茶
啊！多少次梦回蔡家崖
看看东家再眊眊西家
乡亲们那亲切的面容
总是让我割舍不下

一个地方让我放心不下
它就是我梦中的蔡家崖
多想看看喂奶的大嫂
也看看新时代的变化
多想喝上几碗小米饭

再做一回幸福的八路娃
啊！多少次梦回蔡家崖
静静地站在六柳亭下
大柳树那枝枝桠桠
总会让我涌出泪花

我是天河里的星一颗

静静的夜明亮的月
浩瀚的天空有一条河
天河里面群星闪烁
我是最暗的那一颗
并不是我太懒惰
只是我不愿太亮
因为我已习惯寂寞
只喜欢这样淡淡地闪烁

宁静的夜思绪交错
长夜里你是否想起我
所有经历随风而去

你我好像从没遇过
眼看着岁月蹉跎
人生就这样走过
早已经顺从了落魄
没必要做出艰难的抉择

如果你还在念着我
那就看看遥远的天河
有一颗星星在寂寂地闪烁
那就是我
那就是我

吕梁山植树人

不知你手上的茧摞了多么厚
只看到你哺育的树苗绿了山和沟
不知你忙碌的脚走了多远路
只看到你穿过的鞋磨开了几道口
哦
你像阳光一样温暖山沟

你像春风一样唤醒枝头
展开叶伸出枝挡住风沙吼
让黄河水扬起清波欣然东流

不知你鬓上的霜何时上了头
只有你那栽下的树苗记得有多久
不知你额上的纹添了几道沟
只有那擦汗的毛巾知道却不开口
哦
你像黄牛一样耕耘春秋
你像春雨一样润绿枝头
盘住根错住节止住泥沙流
让吕梁山充满生机尽显风流

回　家

晚风轻轻吹过海面
掀起层层白色海浪
汽笛声声长鸣
牵动亲人思念

母亲站在海峡这头
把远方的游子呼唤
亲人啊亲人，你可听见
这一声声的呼喊
是母亲太久的思念
希望明早太阳升起的时候
能看到你归来的航船

月亮圆圆挂在天上
照着那银色的沙滩
岸边灯火阑珊
照亮宁静海港
海面上的波涛汹涌
你的心情是否激荡
亲人啊亲人，你可看见
母亲早已踮起脚尖
凝望着起伏的海面
阵阵海波涌起欢快的浪花
那是亲人激动的泪光

那件睡衣

一件旧睡衣
穿了二十年
洗洗涮涮色发黄
白衣变黄衫
啊,那件睡衣
如同是祖国的河山
经风历雨满眼沧桑
它倾注着伟人的满腔热血
寄托着中华民族的美好希望

那件旧睡衣
补丁七十三
缝缝补补还要穿
一年又一年
啊,那件睡衣
如同是千斤的重担
再重再沉也要担当

它寄托着百姓的幸福生活
扛的是中华民族的繁荣富强

总书记来到蔡家崖

为啥丁香忙开花
为啥枣树发新芽
喜鹊枝头叫喳喳
蔚汾河水起浪花
哈哈哈,哈哈哈
总书记今天到咱家
坐在那炕头把话拉
语重心长情义深
句句都是那知心话

为啥天上五彩霞
为啥歌声满天涯
大娘乐的笑哈哈
大爷逢人就要夸
哈哈哈,哈哈哈

总书记又有新嘱咐
咱庄户人要更奋发
乡村振兴多宏伟
咱老区明天更发达

我是快乐的老司机

手握方向闯南北
脚踩油门走东西
雪雨为我洗风尘
星月为我擦汗渍
你若要问我是谁
我是开车的老司机
一身汗味不说苦
家人幸福是第一
胸有担当更奋力
以苦为乐不停蹄

眼观六路蹚千山

耳听八方越万水
夕阳唤我再出发
朝霞为我整倦衣
你若要问我是谁
我是快乐的老司机
一年在外沐风雨
苦累嘴上从不提
车声隆隆起掌声
一路欢歌不停息

打木瓜

天上飘来一圪达达云
山路上来了个打木瓜的人
左手拿的个布袋袋
右手拿的根长棍棍
上了个坡坡过了个洼
来到了崖棱前打木瓜
敲一棍，克轰轰
敲两棍，扑愣愣

炮天骨轮满坡滚
一气滚到黄蒿林

朝南刮了一圪阵阵风
来了个妹子她是我的个人
脸脸来是白克生生
两只眼睛毛圪粉粉
拿起个布袋袋拣木瓜
高兴的脸上笑开了花
拣一颗,脸脸红
拣两颗,笑盈盈
羞羞答答好开心
乐的我来笑出声

欢迎你到兴县来

黑茶山高来蔚汾河长
山欢水笑呀好风光
群山叠翠做屏障
三川流芳泛碧波

岸边的枣儿入口就甜
山上的莜面闻着就香
风景秀丽呀美食香
远方的朋友请你来观光

资源多来呀小杂粮香
工业农业呀齐发展
煤铝做成大文章
杂粮全国上头榜
品牌小杂粮更有营养
工业大园区耀耀放光
经济逐年呀在增长
美丽的兴县一片艳阳天

我看家乡胜江南

人说江南好风光
我看家乡胜江南
交楼山上光伏多
黄河岸边瓜果香

西川煤铝高效益
南川杂粮正入仓
咪咪,咪
老区人民多激昂
跳起舞来唱起歌
歌唱我们的新生活
书写美好的新篇章

人说江南好风光
我看家乡胜江南
清泉醋香南川河
卧牛山上酒飘香
西南煤气储量大
县川蔬菜销不完
咪咪,咪
老区迎来新气象
男女老少喜洋洋
畅享如今的好政策
赞美家乡的好景观

你的样子

有人说你小如螺丝钉
有人说你大似海波涌
你是田地里耕耘的老农
你是车间里忙碌的工人
你是哨所上雷打不动的身影
你是实验室废寝忘食的面孔
啊,这就是你的样子
你和人民根连着根
血浓于水胜似手足情
提起你的名字就让人激动
因为你是咱老百姓最亲的人

平日里你看似很普通
关键时你高过泰山顶
你是病房里温馨的声音
你是公交上热情的笑容
你是洪水中毫不退缩的身影
你是烈火中救死扶伤的面孔
啊,这就是你的样子

你与人民心连着心
心心相印知热也知冷
看到你的样子就备感温暖
因为你的名字叫作共产党人

山沟沟里的马茹茹花

长在山沟沟
香味淡幽幽
花香无人嗅
独自乐悠悠
灌木为近邻
蜜蜂做好友
风来舞起自娱乐
看呆那羊牛

等到七月后
果实满枝头
粒粒如宝石

向你频招手

鸟雀来觅食

鼠狸解馋口

一阵秋风吹过后

遍地红豆豆

固贤颂

固贤好地方

固贤好地方

辈辈出贤良

辈辈出贤良

南川河孕育儿女情

黑茶山挺起铁脊梁

生男作梁栋

养女固家邦

孙嘉淦,孙良臣

无数英杰写荣光

田家会,甄家庄

军民抗日摆战场

石窑洞装满好故事
大榆树见证光荣榜
啊,固贤,固贤
民风纯朴人善良
啊,固贤,固贤
贤良美德万古长

固贤好地方
固贤好地方
珍宝山里藏
珍宝山里藏
地上那五谷赛珍珠
地下那煤铝富一方
南沟荞面白
北沟莜面香
羊肚菌销路广
小杂粮开辟大市场
养殖形成产业链
村村一片新气象
山峁上架起光伏电
山沟里连通互联网
啊,固贤,固贤
一路创新一路歌

嘚,固贤,固贤
凝心聚力奔小康

槐花乡里槐花香

又是一年四月八
农家种豆又埯瓜
田里庄稼悄发芽
坡上槐树正开花
絮絮槐花颠倒挂
好似姑娘笑哈哈
洋槐花啊洋槐花
我打心眼里喜欢它
就像喜欢心中的她
时时刻刻让我放不下

槐花乡里开槐花
我爱槐花我爱家
满山遍野白银花
风起花动目不暇

闭目嗅香如入画

醉在槐乡山洼洼

洋槐花啊洋槐花

我走到哪也难忘它

想起它就会想起家

还有那白发的老妈妈

四十年后再相会

绿水荡清波

青山染油彩

百鸟唱和谐

蜂蝶争春晖

百花迎春花似海

祖国山水处处美

四十年的努力

迎来果实累累

碧水蓝天人陶醉

载歌载舞笑声飞

神舟频揽月

蛟龙常入海

嫦娥不孤单

宇宙门打开

科技强国结硕果

人民吐气又扬眉

四十年的不舍

四十年的赶追

披星戴月不说累

心中无愧也无悔

和风邀人来

日月生光辉

四洋共牵手

七洲来相会

一带一路新丝路

世界大同绘新彩

四十年的开放

迎来今日相会

各国人民心连心

共祝安康酒一杯

木瓜花

木瓜花,木瓜花
一身雪白洁无瑕
虽说崖高风又大
依然迎风笑哈哈
有人说我傻
我也不回答
默默无闻缀山崖
迎来朝阳送晚霞

木瓜花,木瓜花
一片真情寄天涯
风起花动不停下
翩翩起舞真高雅
随风潜入画
暗自在奋发
只待秋来结出瓜
尽将甘甜献万家

今夜雨沙沙

窗外雨沙沙
思念难停下
远在天边的父亲
我好想和你说一句话
我在你的慈爱里慢慢长大
你在我的成长中添了霜花
啊,敬爱的父亲
想起以前我们在一起
是多么暖心的一幅画
当我今天又想起你
不觉已是泪眼婆娑

屋外风在刮
频频敲窗纱
我那敬爱的父亲
是不是你在和我说话
我在病床上你眼泪悄悄流下

你为我付出没一句抱怨的话

啊,敬爱的父亲

思绪如细雨轻轻飘洒

心中激起思念的浪花

但愿来世能遇见你

请你再做我的老爸

乡下的老院

乡下的老院

是我成长的摇篮

东墙的磨盘西墙的碾

陪着我慢慢地成长

柴篱笆连着石碚畔

是我这辈子最难忘的地方

啊,乡下的老院

给了我多少快乐

让我多么怀念

让我多么留恋

乡下的老院
是我割不断的思念
挑水的扁担盛水的缸
总让我暖在心里边
红窗花贴上纸糊的窗
是老院一年里最喜庆的场面
啊,乡下的老院
让我多么地牵挂
虽说远隔千里
时时把你想念

儿 子

你在一天天长大
我在一天天变老
虽然你已不再撒娇
我也不能把你举高
可我总会默默关注你
看着你越来越好
啊,儿子,亲爱的儿子

你是我生命的延续

你是我欣慰的理由

你就是我贴心的棉袄

你在一天天奔波

我在一天天操劳

岁月磨励你的意志

风霜染白了我的发梢

偶尔说起小时候的事

禁不住相对而笑

啊,儿子,亲爱的儿子

你已经懂得了担当

你让我感到了自豪

我们把幸福一起筑牢

纳鞋垫

碎布找下那几摞摞

浆糊熬下那一碗碗

一层浆糊一块布

一层一层往住粘

粘了一片又一片

我给哥哥粘鞋垫

一层层呀么一片片

一层一片情义长

我和哥哥情义深

好比浆糊粘鞋垫

粘呀粘鞋垫

集上买回那彩线线

丝线穿在那针眼眼

穿针引线心愉悦

我给哥哥纳鞋垫

先绣一对鸳鸯鸟

再绣莲藕紧相连

一针针呀么一线线

一针一线情义长

我和哥哥情意深

好比鸳鸯常相伴

常呀常相伴

黄 昏

夕阳落山头

晚霞惹人迷

牵手黄昏后

漫步霞光里

轻柔的晚风吹过身旁

掠起一丝丝甜蜜回忆

四目相对微笑

暖流涌在心底

一辈子相濡以沫

这样的风景线才最靓丽

倦鸟双归巢

鲜花爬满篱

牵手林荫道

漫步花香里

娇柔的柳丝舞着臂膀

浪漫的黄昏多么美丽

两人牵手走过
不需甜言蜜语
一辈子不离不弃
黄昏里的你我才最美丽

古村店子上

柴篱笆,土坯墙
黑茶山下是家乡
野果多,山花香
远方客人尝一尝
闭上柴门一盘炕
推开窗户入画廊
昼看牛羊满山坡
夜听山风把歌唱
啊,店子上
美丽山村店子上
云雾缭绕如仙境
让人痴迷不思返

路弯弯,水潺潺
推开山门入村庄
门迎水,背靠山
青瓦房顶冒炊烟
入林欣闻百鸟歌
上山喜看松柏杨
春来山花开满坡
冬至野味伴酒香
啊,店子上
美丽山村店子上
世外桃源静谧地
依山傍水好地方

美丽的黑茶山

美丽的黑茶山
高耸入云天
奇峰同竞秀
怪石多张扬
野花舞婀娜

松柏舒臂膀

百鸟唱吉祥

鹿麝林中藏

美丽的黑茶山

我可爱的家乡

常记莜面香

还有山药蛋

农家小米饭

陪着我长大

黑茶山呀黑茶山

你是我梦魂萦绕的地方

美丽的黑茶山

神奇故事传

云雾绕峰峦

晚照显奇观

庙宇隐山中

猪苓树下藏

褐鸡鸣声扬

樱桃酸又甜

神奇的黑茶山

我难忘的地方

常记酸溜溜

还有地盘盘
山里野果香
想起口水淌
黑茶山啊黑茶山
你是我日夜思念的地方

吕梁盛开文明花

吕梁山上遍地花
蜂飞蝶舞忙不暇
青山绿水入画卷
城乡处处沐彩霞
啊！
家家小康生活美
人人笑容脸上洒
只因为乡村振兴到我家
甜蜜的生活打心眼里夸

孝悌盛行人人夸
邻里和睦惠大家

红白事务都简办
文明新风传佳话
啊!
春风频频来敲门
幸福涌入千万家
只因为移风易俗开新花
吕梁山的风景美成了画

骑单车的姑娘

骑单车的姑娘
匆匆走过我的身旁
微风吹起她的秀发
拂动她的红色衣裳
虽然只是一瞬之间
我已看到她美丽的脸庞
啊,骑单车的姑娘
能否停下你的单车
和我说上几句知心话
好让我再多看你一眼

骑单车的姑娘

匆匆走过我的身旁

车轮带动她的身影

舞动长长的麻花辫

你衣袂飘飘的模样

让我的心也在动荡不安

啊,骑单车的姑娘

能否把我一起带上

和你同沐风霜和雨雪

和你共享温暖的阳光

荞麦花

往年六月太阳辣

坡上开了荞麦花

红秸秸长出绿叶叶

梢头开满白花花

哦,荞麦花呀荞麦花

开在山坡和山洼

如同姑娘十七八

神采飞扬多优雅

美丽动人惹人夸

如今三伏细雨洒

田里又开荞麦花

红秸秸还配绿叶叶

白花变成紫花花

哦,荞麦花呀荞麦花

跟着时代在奋发

能当饭来能当茶

绿色健康营养大

男女老少都爱它

打谷场上油糕香

树叶沙沙响

谷子又金黄

打谷场上人声扬

噼噼啪啪打谷忙

三婶端来一盆糕
四婶拿来一摞碗
打谷的人们真高兴
吃着油糕看谷黄
哎,打谷场上油糕香
扑鼻的香味十里扬

谷子堆成山
松鼠探头望
馋嘴麻雀动心思
转动脑袋左右看
小伙喜色露脸上
姑娘笑声在飞扬
场畔老榆树也高兴
随着秋风舞臂膀
哎,打谷场上油糕香
丰收的喜悦醉心房

山里人家

推门就是山

抬头一片天

半坡牛羊入画卷

溪中水潺潺

啊！山里人家，画里家园

徐徐的山风

摇曳大山里的春光

袅袅的炊烟

燃起山里人的希望

放歌天边外

挥手云水间

遍地鲜花多娇艳

到处在飘香

啊！山里人家，梦里家园

四季的山货

换来山里人的小康

成片的光伏

点亮新生活的曙光

碌碡又滚打谷场

九月里来又重阳
打谷场上五谷香
碌碡又被牛拉上
急急忙忙来碾粮
今年又逢好年景
庄稼都比往年强
谷子一垛又一垛
糜子饱满黍子香
看着庄稼心里乐
乐的碌碡笑哈哈
一圈一圈跑得欢
吱吱扭扭把歌唱

九月里来又重阳
打谷场上实在忙
碌碡浑身铆足劲
跑了一圈又一圈

丰收庄稼场上笑
赶牛汉子心飞扬
盘算产量有多高
多少粮食能入仓
丰收喜悦挂脸上
吆喝黄牛快点走
黄牛拉着碌碡跑
碾出农家新希望

故乡的老屋

一条弯弯曲曲的山路
连着我那熟悉的老屋
大门上生锈的铁锁
好像有很多话要说
吱吱呀呀的门窗
好像在责怪着我
啊！故乡的老屋
啊！故乡的老屋
这里有我的童年时光

有我儿时的幸福生活

父亲用过的旱烟锅
目光幽幽地看着我
母亲用过的线筐箩
好像也有话要来说
那口尺八的大铁锅
让我想起了玉米窝窝
啊！故乡的老屋
啊！故乡的老屋
看一眼会涌起阵阵酸楚
摸一把也会有无尽失落

山丹花

山丹花,山丹花
开在六月的阳光下
山丹花,山丹花
开在家乡的山岗上
啊

红艳艳的山丹丹
一颗红心向太阳
好像姑娘的俊脸脸
多么灿烂多么娇艳

山丹花,山丹花
真情撒在了山岗上
山丹花,山丹花
紧紧跟着那红太阳
啊
火辣辣的山丹丹
满腔赤诚在绽放
风吹雨打不惧艰险
倾心开放神采飞扬

山上又开山桃花

那年春天刚来到
山上开满山桃花
树上喜鹊叫喳喳

山路上走来村花花
边走边看笑哈哈
辫子扎的像马尾巴
亮圪晶晶的眼睛
忽闪忽闪会说话
山桃花引来花喜鹊
花喜鹊爱上山桃花
山桃花映着村花花
美丽动人一幅画

又是一年春来到
山上依旧开桃花
院里飞来花喜鹊
村花花已成老妈妈
耳朵半聋眼已花
走起路来是脚跋拉
满脸都是老年斑
背驼腰弯头耷拉
老妈妈望着花喜鹊
花喜鹊盯着山桃花
山桃花看着老妈妈
胸中似有好多话

家乡的醋溜溜

秋风它轻轻吹
绕上了树梢头
染红了枝头的醋溜溜
红红火火满山沟
啊
火红的醋溜溜
娇翠欲滴赛珍馐
远远望见口水流
好想采来尝一口
火红的醋溜溜
随风起舞乐悠悠
一曲山歌唱出口
唱出农家好兆头

过了那九月九
霜打过醋溜溜
甜透了满山的醋溜溜

酸酸甜甜多可口

啊

火红的醋溜溜

好像娘的老黄酒

味道甜美吃不够

久久醉在心里头

火红的醋溜溜

丝丝甜蜜上心头

知心话儿说出口

祝愿农家幸福久

狗尾草

不管在山坳

还是在墙角

我是一颗瘦瘦的狗尾草

不用人下种

不需施肥料

我在孤独寂寞中长高

啊,狗尾草,狗尾草
苦也不吭声
难也不去吵
不和别人争风骚
心中无欲自逍遥

没有高粱高
没有谷子娇
我是一颗小小的狗尾草
没人来锄草
没人把水浇
只能自己把自己照顾好
啊,狗尾草,狗尾草
雨打左右摆
风吹浑身摇
摇摇摆摆苦潇潇
经风历雨品自高

梦回楼兰

古道上的驼铃清脆悠扬

赶路程的骆驼缓慢悠然
炽热的风沙轻声呼喊
带我走进梦中的楼兰
啊
那里的阁楼古色古香
那里的夜市溢彩流光
那里有甘甜的奶茶
那里有飘香的酒坊
有一位好客的大哥
邀请我一起喝酒聊天

戈壁滩的胡杨舒展臂膀
长空中的老鹰来回盘旋
都它尔弹出动人的琴声
欢迎我走进美丽的楼兰
啊
那里的人们勤劳善良
人们的生活幸福美满
那里有英俊的小伙
那里有漂亮的姑娘
有一位热情的姑娘
拉着我和她一起歌唱

橙色英雄——消防队员之歌

一身橙色装
一腔热血淌
英姿飒爽技能强
愿为万家献力量
有苦也不说
信仰心里装
多累也不怕
初心壮肝胆
枕戈以待斗志昂
铁肩勇把责任扛

一声警铃响
一刻不怠慢
身披铠甲上战场
赴汤蹈火多豪壮
哪里有险情
就往哪里闯

哪里有需要
就往哪里赶
出生入死意志坚
消防战士爱满腔

我家住在山里面

一条弯弯曲曲的路
几座不高不低的山
拐了几道弯
绕了几个塆
眼前一个村
就在山里藏
一大早太阳升东山
沸腾的山村分外暖
黄昏里霞光飞满天
火红的天空飘炊烟

一排整整齐齐的房
几堵篱笆围成的墙

推门就见山
田边就是院
小溪在流淌
流过家门前
春风里山峁杏花艳
耕地的汉子歌声亮
秋季里麦场五谷香
打场的婆姨喜气扬

黄昏的河堤

在这安静的黄昏
我忽然想起了你
想起那翩翩的蝴蝶
还有那长长的河堤
我的心情像柳丝一样
在微风中飘来飘去
你迈着轻盈的步子
就走进了春天的画卷里

在这安静的黄昏
我不由的想起你
想起那呢喃的燕子
想起那堤下的小溪
情思如同拂面的春风
让人心中充满暖意
你那美丽的样子
也印在了我的心海里

妹子的毛眼眼

妹子的毛眼眼
忽闪又忽闪
好像天上的星星
明亮又好看
好想拉住妹子的手
多看几眼眼
哎嗨咳
妹子的毛眼眼
把我心事都打乱
不管走在啥地方

总在我心里装

妹子的毛眼眼
一眨又一眨
好似秋天的葡萄
酸酸又甜甜
好想多看几眼眼
就是没胆量
哎嗨咳
妹子的毛眼眼
把我心事都看穿
有了心事放开胆
咱两个好成双

梦故乡

每个夜晚看见月亮
想念那远方的家乡
想念那土墙小院
想念我白发爹娘

啊
明镜似的月亮
是妈妈的脸庞
让我的思绪飞扬
思念久别的故乡

每个夜晚进入梦中
回到我久别的家乡
抚摸那门前榆树
嗅嗅那槐花芳香
啊
甜蜜的梦乡
是心灵的驿站
让我回到了童年
回到了我的故乡

心中的蔡家崖

溪缠着河来河牵着溪
崖靠着山来山抱着崖
蔡家崖啊红色的小山村

你是我心中永远的牵挂
怎能忘元宝梁上割胡麻
怎能忘蔚汾河边饮战马
怎能忘大娘麻油灯下做军装
怎能忘大爷羊肠道上抬担架
啊！蔡家崖啊蔡家崖
红色的土地印记着光辉的历史
岁月的长河闪烁着夺目的光华

东山的桃杏西山的瓜
红丹丹的枣儿遍山洼
蔡家崖啊美丽的小山村
你好像五彩缤纷的一幅画
你看那小小杂粮市场大
你看那小康生活到农家
你看那高速路四通八达多通畅
你看那火车穿山越岭披彩霞
啊！蔡家崖啊蔡家崖
美丽的山村撒满了幸福的笑声
欢快的歌声唱醉了坡上的山丹丹花

我的老父亲

你是一座山
托起了我的脊梁
你是一把伞
撑起了我的天
你用头上的汗
滋润我的心田
你那手上的茧
激励我要坚强
啊!父亲
我的老父亲
你用一生的坎坷
换来家的温暖

你那浑浊的眼
依然是那样慈祥
你那苍老的脸
依然是笑容满面

你不停的脚步
仍旧那样匆忙
你佝偻的身躯
还是不能清闲
啊！父亲
我的老父亲
你用朴实的语言
鼓励我永向前

霞光洒满小山村

山峁含笑
泉水叮咚
火红的霞光洒满小山村
炊烟袅袅
庄稼葱茏
乡亲们脸上绽放着笑容
大爷说儿女孝顺生活安康
大娘夸孙子上进学业有成
崇文学技形成了新风尚
移风易俗乡风更文明

哎
秧歌扭出时代的新步伐
歌声唱响美丽的小山村

大棚连片
牛羊成群
光伏发电给咱们把利盈
瓜果飘香
五谷丰登
紫皮的茄子亮呀亮晶晶
小伙子引进了新技术
姑娘她网上销售农产品
庄户人家迎来了好光景
精准扶贫衔接乡村振兴
哎
党和咱们山里人心连心
霞光洒满了金色的小山村

挑来挑去就相下个你

白生生的馍馍黄澄澄的米

端起个饭碗碗就想起个你
想妹妹你那柳叶叶眉
想妹妹你那樱桃桃嘴
想妹妹你那两眼眼水
想妹妹你那脸蛋蛋美
哎呀呀
黑夜想妹妹我不想睡
早上想妹妹我不想起
想来想去就是没主意
不知道怎么告诉给你

树梢梢的枣儿圪枝枝上的梨
十里八村的姑娘就数你
耕地时我就扔下个犁
一阵风跑着去看你
墙头高来我身子低
心急火燎见不到个你
哎呀呀
想你的话话不再藏心里
鼓起个勇气来说出嘴
我挑来挑去就相下个你
不知道妹妹愿意不愿意

山谷春色

踏着这青青的草丛
轻轻地走进山谷
听那山泉潺潺
静静地流淌
看那桃花绽放
鼻中装满芳香
泉水叮咚在轻唱
桃花翩翩落水面
花瓣似轻舟
飘流向远方
黄鹂声声欢
松鼠上下蹿
空气多么新鲜
心情无比舒畅

走过那林间小路
倘佯在迷人的山谷

沐一身暖暖春阳
心情随之飞扬
春风儿悄悄吹来
摇曳花的臂膀
春景让人眼花缭乱
仿佛置身世外桃源
蜜蜂在穿梭
蝴蝶舞翩翩
漫步这山谷
仿佛入画卷
景色如此绚丽
让人这么迷恋

这些人

前些年这些人
来到我们村
走家入户访民情
要帮我们拔穷根
啊——

人人有热情
干群一条心
发展方向把握准
共把富路寻

到后来这些人
常住我们村
引进技术筹资金
一天到晚忙不停
啊——
不是一家人
胜似一家亲
手拉手来心连心
敲开致富门

到如今这些人
还住我们村
田间地头见身影
真心帮扶暖人心
啊——
情深意也浓
永远记心中
家家能把收入增
小康路上行

高粱红了

太阳出来满山红
穗穗高粱红彤彤
东边云霞涌红波
西边秋风挥红绫
还有那多情的叶子
伴着那秋风舞不停
哎
天也红来地也红
火红的高粱也有情
染了南庄染北村
染出如画的丰收景

霞光映得满天红
颗颗高粱红透心
憨厚男人醉红脸
俊俏婆姨笑出声
还有那调皮的麻雀
盯着那高粱动了心
哎

山也红来川也红
勤劳的人们绽笑容
舞起镰刀开嗓门
唱出丰收的好心情

兴县人

晋绥首府兴县人
爱憎分明赤诚心
当年抗战义凛凛
老少支前齐拥军
吕梁英雄军威震
兴县儿女留英名
啊
黑茶山险峻
蔚汾河水清
山青水秀孕育了代代兴县人
黄河水滚滚
枣园情深深
黄河枣园是割不断的故乡情

晋绥首府兴县人
饮水思源颂党恩
凝心聚力再发奋
众志成城砥砺行
晋绥儿女复兴任
美丽乡村惠万民
啊
兴县人勤劳
兴县人智慧
勤劳智慧换来了今天的好光景
兴县人诚实
兴县人守信
诚实守信唱出了时代好声音

土土的顺口溜

土土的顺口溜
不经意间出了口
如同山泉涧中流
直抒胸臆味远久
哦
土土的顺口溜

土土的顺口溜

就是这么亲

就是这么溜

你就是那动人心弦的春风柳

土土的顺口溜

不经意间说出口

如同鱼儿水中游

随意发挥不讲究

哦

土土的顺口溜

土土的顺口溜

就是这么爽

就是这么溜

你就是味道香醇的老黄酒

春风又拂桃花山

三月里来艳阳天

春风又拂桃花山

桃花含羞伸出头
粉妆素裹多娇艳
啊,温暖的春风
你为大地着上春妆
你为人们带来希望
这桃花盛开的地方
到处是美丽的景象

桃花岸上溢春光
欢声笑语话小康
老汉吹起铜唢呐
老婆舞起红绸扇
啊,舒心的春风
捎来去年丰收的书函
催着我们快快扬帆
沐浴着美丽的春色
走在这振兴的路上

第二辑

诗歌

蔚汾河边好风光

蔚汾河边好风光
秋风轻柔百花香
牡丹不愧花中王
百花丛中最张扬

白姑娘,红姑娘
轻舒蛮腰看夕阳
夕阳晚照涌霞光
百丈高楼染金黄

游人不舍目不转
举步回头用心观
水天一色如画廊
谁不说是好风光

乡　愁

我在陌生的他乡
想起远方的故乡
想着那门前的小河
想着村口的老榆树
想着我美丽的村庄
想着我年迈的爹娘

想着和善的乡亲
想着蹦跳的牛羊
想着早晨的太阳
发出耀眼的光芒
想着傍晚的炊烟
在夕阳里如纱飘荡

想那窑洞的土炕
冬天的温暖夏天的凉爽

想那老井的辘轳
一年四季吱吱扭扭地响

想那土打的围墙
想那石砌的硷畔
想那回家的山路
弯弯曲曲曲曲又弯弯

想那清明的秋千
想那中元的面人
想那九月九的油糕
想那六月六的白面
想那过年的花馍
在篝火边烤得焦黄焦黄

想我们无忧无虑的童年
想我们背井离乡的今天
想着前几年的扶贫
想着如今的振兴
我想的很多很多
我想的无可奈何

乡愁是什么

乡愁是暖暖的回忆
乡愁是满腹的牵挂
乡愁是美好的憧憬
乡愁是中秋的月亮
乡愁是除夕夜的欢愉
乡愁是可望而不可及的失落

乡愁在哪里
乡愁在父亲的羊腿烟斗里
乡愁在母亲做饭的炊烟里
乡愁在大年夜的饭菜里
乡愁在初一的饺子里
乡愁在每个游子的阵痛里

故 乡

故乡啊故乡
遥远的地方
不知是你抛弃了我
还是我抛弃了你

也不知是母亲懒于召唤我

还是我迷失了方向

我在忐忐忑忑中做事

我在迷迷糊糊中前行

心中装满不安与烦躁

故乡让我既牵挂又不得不远离

说亲也亲

说疏也疏

说近也近

说远也远

你我像在雾里观望

就这样的朦朦胧胧

曾经亲切的土地

和人们的表情一样木然

村子里再也嗅不到乡情的气味

夕阳依旧

炊烟少见

那些空院子和燕子的巢一样

孤独地呆立着

无奈地耷拉下脑袋

微微地闭上眼睛

好想在梦里

寻找那份遗失的乡味

中秋夜

我在远方
遥望着故乡
想着妈妈的炊烟
把月亮拱到天上
月在天上
我在地上
我把无尽的思念
让纯洁的月光带回家乡
给在世的亲人一点安慰
给远去的亲人一片思念
哎
年年中秋月会圆
今年中秋人不还
养育之恩实难忘
思念伴着泪水淌
转目光
看窗前

树叶摇曳心已乱
何谈节前欢

农家十二月

正月里来年味浓
张灯结彩喜气增
雪打灯笼绝色景
尽兴秧歌好心情

二月里来刮春风
掏茬烧秸备春耕
打犁买铧备农具
牛车送粪去田中

三月里来正清明
纸鸢秋千乐童心
春雨润物细无声
耕地老农露笑容

四月里来四月八
农家种豆又埯瓜
此时天气变化大
就怕冻了黑豆荚

五月里来罢了牛
沟峁地里瞅一瞅
看看苗子稀与稠
做好决定动锄头

六月里来三伏天
锄禾当午沐骄阳
浑身上下汗水淌
喝瓢凉水才叫爽

七月里来连阴天
翻云覆雨雾绵绵
天晴荷锄到田边
不怕露水湿裤边

八月十五中秋节
水果月饼走亲戚
地里庄稼渐成熟

中秋过后忙不歇

九月收秋实在忙
生怕起风又怕霜
起早贪黑如抢粮
争分夺秒入库仓

十月里来天气凉
场上庄稼都打光
只剩草垛堆在场
冬至油糕满村香

十一月来雪飞扬
银妆素裹扮川梁
四乡媒人在走动
想把好事做几桩

腊月年尽很感慨
总结成功和失败
赶集上会做准备
阖家欢乐有年味

燕南飞

秋已深
天渐凉
梁上燕子去南方
望空巢
心悲伤
仿佛乡人又离乡

等的明春再回乡
我有话对燕子讲
不辞而别啥缘故
是否怕我泪夺眶

或许你我心一样
不忍继续看村殇
故土虽然难离舍
强忍泪水走他乡

空心村内空心房
徒留老人景凄凉
放眼长空泪盈眶
晚风徐徐啼夕阳

又见噪雀声高扬
岂知振兴无良方
问罢萧何问张良
速为乡村出良方

固贤书院礼赞

你是云雀衔来的一朵白云
你是燕子衔来的一颗泥丸
你是老农头上滚落的汗珠
你是廉吏手书的墨香
你是庄户人心中神圣的殿堂

你伫立在田野里

如禾苗带着芬芳
如泥土带着清香
如山泉甘甜清爽
如微风轻轻拂过
把农耕文化的演变娓娓道来
让执犁把的人们听得如醉如痴

《论语》成为家喻户晓的话语
《诗经》成为茶余饭后的对白
效古学新成为新的乡风
移风易俗成为靓丽风景
崇文学技是有效致富途径
乡村振兴是庄户人的美丽愿景
兴千家万户兴
喜千家万户喜

你是一颗闪亮的明珠
在土疙瘩里放光
在庄稼地里出彩
传承祖辈们的贤良美德
延续先人齐家治国的理念
让这片土壤更加肥沃

春　燕

不辞劳苦千里徙
为寻故园将身栖
心中痴念不放下
一路向北不停息

梁上呢喃报欣喜
主人已知归来意
打开窗户任出入
犹如游子归故居

频去河滩啄新泥
勤筑新巢育儿女
泥丸和草技术高
能工巧匠数第一

唤醒柳枝吐新丝
招来春风弄舞姿

百花心动齐绽放
催促农家动耕犁

秋夜思

酷暑一去不回
夜风轻摇慢吹
政府大院倍寂静
独数天上星辉

青春虽说不在
犹在奋力赶追
学海浩瀚取不竭
醉了老农心扉

宇宙虽大有规
小人得志无畏
言逊手辣心膨胀
哪管天道轮回

我心依旧如水
平平淡淡光微
能为他人添愉悦
发光发热无悔

女人如花

女人如花
绽放一路芳华
刚刚还是脸带红霞
转眼就两鬓白发
再不是初见的羞羞答答
人已是风风火火的泼辣
千辛万苦为了每个家
忙忙碌碌为了自家娃
心中装满了百味人生
你依然是质朴无华
任由岁月在脸上刻画
始终是一朵最美的花
啊,女人花

美在了你的从容
美在了内心的无瑕
无论是春秋冬夏
还是夕阳晚霞
你始终是一朵风情万种的花

七夕感怀

浩瀚的天空
流淌着一条长河
河里头波光闪烁
讲诉着千古的传说

天河的两岸
有两个人遥遥对望
眼神里流露着思念
衷肠在无声地倾诉

幽怨的织女
挥动手中的机梭

似乎要把愁烦赶尽
似乎在发泄心中的愤怒

憨厚的牛郎
痴望着织女的双眸
苦难在此刻已无足轻重
重要的是诺言的守护

无声的星河
无声的倾诉
此情此景
只有村里的二哥和城里的二嫂
更能读得懂隔河的倾诉

夕阳画了一幅画

火红的太阳下山了
美丽的晚霞映红了天
晚风吹来阵阵清凉
柳丝儿在随风荡漾

蹒跚的父亲拄着拐杖
白发的母亲陪在身旁
温馨在霞光里放彩
幸福在笑容里溢香
老人窑洞和篱笆墙
好像是在画里一样

淘气的花猫蹦跳着
树上的梨枣飘着清香
园里小葱又嫩又绿
紫皮茄子发着亮光
一只蝴蝶在飞来飞去
尽情欣赏这小院风光
乡味在小院里弥漫
愉悦在心弦上飘荡
蔬菜蝴蝶和小花猫
好像是在画里一样

十二生肖

鼠

老鼠生来性灵巧
蹑手蹑脚声悄悄
偷食只是求生道
何顾名声好不好

牛

既能吃苦又耐劳
烈日狂风不歇脚
俯首耕耘最低调
不用人夸功自高

虎

隐居深山求清闲
虽未声张也是王
高山流水常相伴
静听老僧经一篇

兔

身材娇小耳朵长
树叶草根均入肠
平时蹦跳模样憨
危险时如箭离弦

龙

眼若铜铃口似盆
金光闪闪浑身鳞
大口一张雨急劲
小声喷嚏雷就鸣

蛇

身具灵气不平常
半虫半兽亦半仙
人不犯我我不嗔
人若犯我必反抗

马

鬃毛飘飘蹄轻盈
跨山越水快如风
千山万水脚下过

大江南北任我行

羊
性格温顺心善良
百草入口味也香
不和别人去争抢
知足常乐心舒畅

猴
人称灵猴不为过
调皮捣蛋谁不说
平时只爱吃水果
爬崖上树寻欢乐

鸡
鸡鸣三遍催人起
要说守时它第一
红冠绿尾胸挺起
驱走黑暗迎晨曦

狗
忠厚老实早出名
看家护院守大门

家穷不嫌有忠心
不离不弃伴主人

猪
肥头大耳体丰臃
养尊处优不操心
简简单单度一生
大智若愚享太平

静夜蝉鸣

在这安安静静的夜晚
月光轻轻洒在我窗前
秋蝉儿唤起一片思念
让我想起美丽的童年
忘不了晨醒的暖阳
忘不了黄昏的霞光
还有那暮归的牛羊
在晚霞里唤起袅袅的炊烟

在这安安静静的夜晚

思绪绵绵击打着心房

树叶儿摇起一片落寞

心中涌起无尽的惆怅

想起了破旧的老屋

想起了慈祥的爹娘

还有那门前的榆杨

在记忆里散发缕缕的幽香

柴篱笆上开出牵牛花

日出东山映彩霞

枝头飞来花喜鹊

落在枝头叫喳喳

快来观看牵牛花

西墙一面柴篱笆

藤缠茎绕往上爬

每天早晨开鲜花

迎风绽放香万家

紫花粉花洁白花
争奇斗艳色不差
路人留步脸惊诧
小院美景也奇葩

粉妆素裹姿色佳
晶莹露珠镶玉花
随风起舞已入画
路边看客目不暇

七一感怀

南湖红船初起航
七人小组做主张
历经生死作考验
枪林弹雨当考场

南昌城头第一枪
雪山草地会井冈

四渡赤水出良方
气煞中正委员长

延安建成大后方
开荒种地备军粮
东渡并非是败将
战略决策来日长

国共合作战力强
赶走日本野心狼
大国生死谁主张
谈判桌上互提防

明修栈道暗陈仓
老蒋不甘共主张
发动内战伸手抢
欲收江山于手掌

三大战役建勋章
西北剿匪除雾瘴
万千将士洒热血
江山终归共产党

天安门上语气壮
领袖讲话真豪爽
掷地有声如雷响
中国从此变模样

工业农业齐发展
国防科技不示软
抗美援朝国威扬
国际地位有尊严

改革开放春风暖
千家万户换新颜
生活步步向前看
人民富裕国家强

精准扶贫又攻坚
脱贫摘帽奔小康
如今乡村又振兴
人民心中有希望

神舟揽月已频繁
蛟龙入海御列强
定海神针是火箭

大国利器助国防

人人喜悦露笑脸
家家富裕有余钱
扪心自问细思量
感谢伟大共产党

磨道驴

磨道驴,磨道驴
生来愚钝不机咪
四肢发达有力气
个高头大脑空虚

布蒙脑袋眼迷离
不管南北和东西
铆足干劲向前跑
倾心尽力不停息

蹄落尘飞汗又滴

一路奔跑气吁吁
半天没出三米地
犹自奋力不歇蹄

扯开布子看清晰
方知还在磨道里
思来想去参不透
蒙住脑袋还奋蹄

午夜买醉

只因我喝了些酒水
我的样子有些狼狈
其实我并没有喝醉
只是我用醉眼把这尘世来窥
晚风一阵一阵吹来
繁华中夹杂着憔悴
笑容下隐藏着虚伪
形形色色的人类
好像是乱舞的魔鬼

看那不同的面孔

表现着各自的风采

自吹自擂色舞眉飞

口是心非不知羞愧

看的我有些眼花缭乱

看的我备感疲惫

为了解脱再喝两杯

让这酒精把我麻醉

只有真正喝醉

才能从尘嚣中离开

不用与魔鬼共舞

不用以鬼话答对

放下所有安然入睡

沧海怀古

魏武挥鞭

往事越千年

戚帅抗倭

英名世代传

汹汹波涛今又起
群雄逐鹿刀霍霍
欲主天下浮沉
远交近攻深谋
东临碣石书胸臆
文治武功去霸权
看天地
今非昔比
喜今朝
换了人间

游山海关

早闻天下第一关
雄壮巍峨御凶顽
燕山渤海皆天险
经风沐雨几千年

如今关前人影繁

拍照取景赏风光
斑驳墙砖诉衷肠
说起烽烟惊人胆

登上城楼望远方
感叹当年秦始皇
安内攘外有良方
万里长城卫家邦

关里关外一堵墙
城门不开难入关
只怨当年吴三桂
冲冠一怒为红颜

风吹似闻铁马声
浮想万马聚关前
胜败存亡皆过往
但愿国泰民也安

北戴河培训

北戴河边好风光
虎踞龙盘地吉祥
曾闻伟人到此地
浪淘沙诗美名扬

海滨小镇景不凡
康养胜地人忘返
今日有幸至宝地
学习法规书新篇

五地代表会一堂
聚精会神听演讲
精彩之处情难禁
掌声如雷心激昂

院内处处花鲜艳
人尚未到已嗅香

槐伸胳膊松舒膀
漫步院中如画廊

晨醒鸟鸣声不断
夜沐海风心怡然
曲径通幽遍庭院
夜色静谧好入眠

四天培训短又长
履职能力都增强
信心满满踏归途
建言献策建家乡

浪淘沙·北戴河

红日照海面
碧波荡漾
秦皇岛外水天连
最美人间六月天
秀美风光

漫步白沙滩
细沙绵绵
堪比外婆澎湖湾
未见椰林沐夕阳
梦回童年

赞固贤

固贤乡里好风尚
人杰地灵出贤良
嘉淦良臣美名扬
进魁改秀耀家邦

山清水秀宜居地
和风畅顺贤德乡
耕读传家有希望
诚信守法幸福长

干群团结有力量

历史使命勇担当
多种产业齐发展
返乡创业烟火旺

与时俱进图发展
崇文学技创辉煌
移风易俗新气象
大刀阔斧书新章

故乡的月光

故乡的月光
那是爹娘的目光
目光里装满无奈
装满了浅浅忧伤
有多少个晚上
月光照着家乡
爹娘把对儿女的思念
倾诉给那孤独的月光

故乡的月光

也是儿女的惆怅

惆怅里掺着思念

掺杂着惶惶不安

在每一个晚上

都会辗转难眠

儿女绵绵不断的思念

托付给那忧郁的月光

惆　怅

夕阳落山头

回眸望村口

袅袅炊烟点燃了乡愁

晚霞似丝绸

遮了谁的羞

阵阵悲痛敲打着心口

振兴不能说在口头

前路总是让人担忧

若干年以后
有谁还会说乡愁

明月上枝头
浮云月边走
阵阵心酸涌上了心口
虽说住高楼
难掩心中愁
隔窗遥望故乡那村口
杜康千杯不能解忧
无名烦恼频上心头
到什么时候
才不用去飘流

母亲的炊烟

母亲的炊烟
飘飘悠悠袅袅亭亭
笼罩在晨曦里

弥漫在黄昏里
母亲的炊烟里面
装的是一家人的柴米油盐
装满了母亲的苦辣酸甜
装的是岁月漫长
装满了人间沧桑
装的是母亲的殷切心愿
装满了儿女们的美好希望
日复一日年复一年
母亲的炊烟
把太阳从东边拉到西边
把月亮从西面拉到东面
把母亲的脸上刻出了皱纹
把母亲的头上染上了白霜
拖慢了母亲的脚步
压驼了母亲的脊梁
直到有一天
炊烟化成一根笔直的拐杖
成了母亲可以依赖的一丝力量

春天里的遐想

在百花竞放的时节
心情不由得再次释放
摘一朵鲜花放在掌心
嗅一下久违的清香
重拾一缕失落的童心
回味月圆月缺的落寞
还有花开花落的忧伤

生活早已磨平了我们的棱角
我们也忘掉了曾经的热烈
只有在这万物回春的时刻
才会想起悄悄流走的华年
好想弹起一曲琵琶
哼上一首沧桑的歌

生活并非人人所愿
季节还在悄悄变换

岁月不容你去思考
脚步永远不会停留

昨天今天明天后天
轮回着时钟的指针
很多人忘了曾经的豪言
做了一个不守承诺的人
没心没肺的树干
却将年轮刻进自己的躯体
追赶那不变的梦想

又见槐花香

四月又见槐花扬
一身素装缀山岗
朵朵花似小铃铛
随风起舞摇春光

茉莉相比欠点香
梨花相比少张扬

过往君子都张望
好似看到俏女郎

香气四溢百步香
娇嫩诱人心发痒
一路寻香撸几串
塞入口中尝一尝

闭目嗅香忘尘烦
缕缕清香醉心间
万千凡事都放下
不是神仙赛神仙

平凡的妈妈

记得那一天我放学回家
风在刮雨在下
空中薄雾如纱
面对着风雨我有些害怕

雨中走来一个身影
原来是我妈妈
头顶着大苈子
拉着我的手回家

雨点淋湿了衣裳
也打湿了她的头发
望着妈妈瘦弱的身躯
我提着的心终于放下
看着被风雨淋湿的妈妈
我也懂得了什么是伟大

如今看着白发的妈妈
疼爱不由在心底升华
一头白发记录着一生的艰辛
满脸皱纹开成一朵苦笑的鲜花
啊,妈妈
我亲爱的妈妈
平凡而伟大的妈妈
孩儿心里有很多话
却一直没能对你说
唯愿你老安度这最后的年华

故乡山川

站在这道圪梁梁上
眼底就是我故乡的秀美山川
春风吹来阵阵花香
柳笛声声如诉衷肠
农家小院宽敞明亮
街道整洁路面宽广
草绿树茂涌动着成群的牛羊
梯田沟坝中生长着红豆高粱
那条小河仍然在涓涓流淌
如玉带一般奔向遥远的地方

这圪梁梁还是昔日的模样
我却总忘不了当年的景象
耳际似有母亲声声呼唤
小河闪动着嬉闹的伙伴
田野里社员们忙碌的场面
丰收的歌声唱的那么激昂

大榆树上是麻雀集会的地方
石碌碡慢腾腾碾出农家的希望
山路上迎亲的唢呐还是那样悠扬
花轿中羞涩的新娘还在偷偷张望

啊
社会发展使旧貌换了新颜
岁月沧桑时代已经变迁
变了的是似水流年
更替的是老少容颜
牵挂的还是故乡山川、美丽家乡

春光美

春光美,春光美
春燕自南归
桃也开,杏也开
梨花紧相随
春风又邀海棠来
满山遍野汇花海

何方仙女觅香味
流连忘返不思归

春光美,春光美
春柳把手挥
大麻绳,树下垂
秋千荡起来
人也飞来心也飞
荡荡悠悠多么美
过往女子耐不住
低声相求飞一飞

春光美,春光美
春风迎面吹
花也美,草也美
泥土味也美
春雨如油不惜贵
频洒田野添泽惠
农家劳作不嫌累
满怀希望如打彩

春光美,春光美
春阳放光辉

狗也欢,鸟频飞
人脸放光彩
相邀游春紧相随
景美人欢笑声飞
花间草丛留靓影
神采飞扬醉心扉

春光美,春光美
最美春河水
清粼粼,亮晶晶
河底游鱼窥
叮叮咚咚张开嘴
低声细语唱出来
高高兴兴撒开尾
蹦蹦跳跳入画扉

春光美,春光美
万物沐春晖
梁也醉,川也醉
老人心也醉
置身户外赏春色
仿佛时光又倒回
忽有稚孙唤他翁
摸摸胡须笑开来

兴县好姑娘

兴县姑娘真呀真漂亮
两只眼睛水汪汪
一对酒窝很喜人
两条眉毛弯又长
哎
兴县姑娘不一般
心灵手巧又善言
聪明伶俐无人比
知书达礼不等闲
人人都在说
这是个好姑娘
哎,兴县好姑娘

兴县姑娘心善良
助人为乐热心肠
待人热情又大方

心存大爱有担当
哎
兴县姑娘很要强
崇文学技走四方
尊老爱幼好品德
实实在在不虚张
人人都知道
这是个好姑娘
哎,兴县好姑娘

春意浓

春燕剪柳柳色新
桃花扮妆妆色浓
山山峁峁浴春风
千家万户一样春

河水轻淌淌笑声
春泥泛香香醉人
百草匆匆探头看
四野已是春意浓

春天的交响

赶了三百多天的路程
只为赴这场春的交响
小草使劲顶破头上的土壤
太阳倾情迸发温暖的光芒
云彩轻轻舞动着薄纱
山川悄悄换上了新妆
啊,我们一起倾听
倾听这春天的交响
一起被感染着情绪
一起被拨动着心弦

杨柳使劲挥动着臂膀
指挥这场春天的交响
青蛙唱出男中音的雄壮
百灵鸟唱出女高音的婉转
春风呜呜吟唱着和声
小溪叮咚轻弹起键盘

啊,请你留步倾听
倾听这春天的交响
和百花一样开心
把喜悦绽放在脸上

二月二

二月二,龙抬头
春风十里遍地走
坡上桃李抿嘴笑
河里青蛙大声吼

阳洼绿蒿抬起头
笑看春风拂杨柳
杨柳摆动纤纤腰
轻轻柔柔若含羞

暖阳柔柔照川沟
残雪消融入河流
路上农人阔步走

急急忙忙至地头

田里男女舞镢头
掏茬备耕汗水流
满怀希望尽全力
只盼秋后获丰收

桥　上

站在南沟门前的桥上
抬起脚却不知往哪走
半挂车隆隆飞驰而过
我的心也跟着它远走
多想去寻找在外的亲人
和他们能够在一起相守
看着满天的星斗
心里充满了忧愁
徘徊在这个迷茫的桥头
踌躇的我不知道是去是留

在这夜深人静的时候
我还在霓虹灯下游走
夜风轻微微拂动河面
挥不去我的满腹情愁
不知道打工路还有多远
一家人还要分居多久
思念袭上我心头
我好想大声怒吼
骂一声这该死的打工潮流
把我卷在了这个漩涡里头

扶贫政策就是好

树上的喜鹊喳喳叫
东山的太阳哈哈笑
扶贫政策实在是好
村里换了新面貌
自来水进了咱家门
再也不用把水挑
手机塔高高入云霄

电话微信网速好
哎
这扶贫政策就是好

芝麻它开花节节高
农民的收入逐年高
残疾失能有低保
老年人们有养老
有病求医能报销
书钱学费全免了
大爷他乐得笑弯了腰
逢人就说这政策好
哎
这扶贫政策就是好

早 春

东风轻柔
乐了堤上柳
小草含羞悄露头

迎着春风频招手
融雪如油
匆匆入河流
睡醒青蛙欲求偶
呱呱呱呱满河吼

坡上山头
梨花正运筹
桃杏妩媚抿小口
满面绯红似害羞
春阳温柔
暖意满梁沟
槽上黄牛向外瞅
嘀溜嘀溜望田头

初 春

东风疾驰向北发
摇醒沉睡柳枝桠
微睁睡眼看世界

初春仍见飘雪花

冰面有童正玩耍
欢声笑语荡谷峡
春寒料峭拂人面
早有蒿苗绿阳洼

山村暖阳遍地洒
檐下滴水响啪啪
喜鹊枝头跳不停
满心欢喜叫喳喳

农家早已做计划
集上买回两猪娃
待到秋后丰收时
好将儿媳娶回家

年味里的乡愁

火红的篝火

燃起庄户人的希望

多彩的烟花

喷射出热烈的火焰

大红的灯笼

闪烁着喜悦的灯光

热闹的街头

又多了些熟悉的笑脸

乡村的空气里

飘荡着年夜饭的香味

明亮的窑洞里

充满了酒肉的味道

团圆的饭桌上

响起了划拳喝酒的吆喝声

洋溢在人们脸上的笑容

怎么也藏不住每个人心中的欢悦

数九的寒风

吹淡了年味

将街头巷尾的人群赶回家中

很久不见的人们

只能把想说的话付与手机

或许打字或许语音

聊一起出门挣钱的话题

聊几句上老下小的话语
只有老妈的那碗老黄酒
还是像老妈一样亲切
像往年那样滚烫
那样酸甜绵柔
既包含着老人节后的担忧
也掺着儿女纠结的心情
酸酸甜甜
缠缠绵绵
悄悄点燃那无形无声难以言表的乡愁

再唱小芳

村里有个姑娘叫小芳
长得好看又善良
一双美丽的大眼睛
辫子粗又长……

我站在硷畔上
看见了小芳的花衣裳
眉也笑眼也亮

好想跑到她跟前
好想拉住她的手
好想亲亲她的脸
哎,小芳
美丽的小芳
多少次梦里在一起
是那么快乐舒畅

我等在村口旁
看见了小芳的俊脸脸
脸也红心也跳
好想和她相跟上
鼓足勇气开了口
你已爱在我心上
哎,小芳
善良的小芳
今天我放胆问一声
问你情愿不情愿

故乡恋

金色的阳光

沐浴着山乡

温暖的春风

飘扬着槐香

蜂飞蝶舞来去匆匆

醉在了人们的心房

啊,故乡

我心中最美的地方

我在你的怀抱里成长

你用母爱把我温暖

滴翠的青山

围绕着村庄

清清的河水

唱着歌流淌

田里庄稼茁壮成长

甜在了人们的心上
啊,故乡
这辈子难忘的地方
千万次心里把你呼喊
那是我难舍的依恋

回 乡

春风沐山乡
暖阳照北坡
涓涓雪水流
匆匆归乡客

至友一起坐
经历说一说
纷纷大世界
不知哪是窝

把酒提过往
童年真快乐

生活虽然苦
乐趣最是多

隔日又离乡
仍为异乡客
且将恋乡意
相约在春节

夕阳下的老妈

夕阳西下
映照着我的老家
火红的晚霞
辉映着慈祥的老妈
老妈微微地笑着
沐浴着夕阳和晚霞
历经沧桑的她
总有一些事情放不下

炊烟升起

笼罩着可爱的老家
温馨的晚风
吹开了额上的白发
额头上那深深的皱纹
诉说着一生的光华
那满头的银发
诉说着生活的酸甜苦辣

农家乐·冬雪

寒风徐徐啸
飞雪纷纷飘
山峁沟壑白衣罩
归巢鸟不叫

炉中火光耀
肉香满屋飘
举杯干完再来倒
相视开怀笑

不做朝堂客

不用把心操

闲云野鹤最为好

农民也逍遥

春来了

细心的春姑娘

轻轻撒落了一场雪

沾着雪的布片

在所有的物体上

轻轻地来回擦拭着

迎新的心情

如同盼过年的小孩一样着急

远处的山

眼前的房屋

都被她擦得干干净净

没有了往日的尘垢

随着大年三十的烟花

人们步入了春天的世界

升腾的烟花开得五颜六色

让人仿佛置身于百花盛开的春天

扑面而来的夜风

也好像是吹面不寒的杨柳风

不管在哪里

都是万家灯火

在人们豪气十足的酒局里

已经看到了万马奔腾的春潮

乡村年味

喜鹊喳喳叫

新年已来到

路上归乡车如潮

纷纷至乡郊

进门把娘叫

老人开口笑

孤寂乡村又热闹
浓浓家味道

东邻静悄悄
西翁乐淘淘
儿时玩伴远远叫
张臂相拥抱

饭菜质量高
鸡鱼不算好
桌上又添虾蟮鲍
酒香在环绕

酒足饭也饱
小院放鞭炮
火药味道满院飘
喜乐上眉梢

悼张枚同先生

羌笛幽怨
胡笳悲愤
魏都城头云低沉
飞雪缠绵
栖鸟凄鸣
雁门关前山动容
啊
大同今日不凡同
云州城内起悲声
男女老少落哀泪
先生音容梦中寻

词界失色
乐府悲痛
神州处处起悲声
歌永年轻
人无来生
诸多感叹悼枚同

啊
长空万里坠孤星
落入尘埃放光明
今生不能谱新曲
来世还吟好歌声

秋 色

我从田野走过
看那秋色一片
路边菊花飘香
地里庄稼金黄
又是一个丰收的年景
看的人不由地心神激荡
你看那高粱红了脸
谷子把腰弯
沉甸甸的玉米棒
低下头来等着人来掰
糜黍迎风把手招
黄豆角角多饱满

土豆地下着了急

掀开缝缝往外看

手拿镢头刨出来

一个一个都是大圪蛋

莜麦黄灿灿

荞麦红杆杆

向日葵个个大如盘

重的它再也不能跟着太阳转

酸楚的感觉

为了心中的梦想

我来到陌生的地方

每日里为生活四处奔波

总想着哪一天能够辉煌

城市的角落留下忙碌的身影

黑夜的无眠是最艰难的熬煎

说不出的酸甜苦辣

也只能收藏在心间

回头望时已是经年
故乡成了回不去的地方
望着这满眼的高楼大厦
一切好像是过眼云烟
农村的生活成了过去的故事
绵绵的乡愁是割不断的思念
心底里的幽幽悲伤
早已模糊我的双眼

秋到农家

秋风传喜讯
轻声把人吼
快点到田边
放眼看丰收
架上的葡萄亮晶晶
颗颗如同脂玉球
枝头的苹果笑不停
满面笑容频招手

哎

富民政策暖人心

农家迎来好年头

满眼都是丰收景

不由自主笑出口

玉米棒子沉

微微低下头

高粱脸色红

好似喝醉酒

金黄的谷子性谦逊

弯下腰来低着头

硕大的土豆已睡醒

睁开眼睛往外瞅

哎

富民政策暖人心

农家迎来好年头

满眼都是丰收景

不由自主笑出口

城市的天

头上的一片天
就这么一点点
楼房像那柱子一样
顶住了天的边
忙忙碌碌的城市人
很多的是农民
耳边传来的轰鸣声
声声敲打着我的心
看着鸟巢发出的灯光
显得多么的惆怅
楼群挡住思乡的目光
让我看不到遥远的故乡
头顶上那幽幽的月光
是多么的悲伤
在这浑浑噩噩的生活中
也在想着久别的故乡

思　念

我想摘下一片云朵
把我的思念刻在云间
当你看到云朵的时候
你就懂得了我的思念
我想掰下一块月亮
把它小心翼翼地收藏
当我想起你的时候
我就偷偷地看看月亮
我把最苦的思念
当成了最甜的初恋
虽说是这样日夜煎熬
可又是这样清纯甘甜

我想拉住一缕秋风
向它仔细诉说我的衷肠
秋风会带着我的思念
翻山越岭飘向远方

我想拾起一片落叶
为它拭去身上的污斑
落叶会懂得我的忧伤
也会安慰我寂寞的心房
我把这最苦的思念
当作了最美的期盼
虽说是这样饱受折磨
却充满了甜蜜的梦想

故 乡

小时候
故乡是世界上最美的地方
吃着窝头喝稀饭
依然吃的很香甜
爬树摘毛杏
攀高掏鸟蛋
扯破衣服划破脸
心里依旧乐无边
相跟滚铁环

相约玩打仗

汗水津津脸上淌

累得晚上尿过床

看过样板戏

跟着扭秧歌

红火热闹没愁烦

感觉最美是故乡

长大后

故乡成了路遥笔下的双水村

我也成了孙少平

为了生活忙不停

开过豆腐房

办过养猪场

不怕苦累斗志昂

心中充满好希望

当过小石匠

跑过黑货车

东奔西跑日夜忙

提心吊胆在奔波

也曾开过荒

也曾丰收过

蹦跶一年没几钱

如同《梁米》那一场

到如今

故乡成了鲁讯笔下的《故乡》

乡人面孔都冷漠

放眼看处皆沧桑

老院已破残

院里荒草满

石碾石磨墙下躺

万种悲意上胸腔

闰土已不在

多成杨二嫂

虚情假意看得烦

如同戏子在表演

双亲已不见

伙伴去他乡

睹物思人心空荡

不知乡愁寄何方

新年抒怀

昨天去年
今天今年
一夜连着两个年
二〇二三
一去不还
酸甜苦辣再不言
白雪皑皑
寒风瑟瑟
阳光悄然送春还
神州大地
举国欢腾
劲歌热舞庆康安
二〇二四
满满希望
斗志昂扬创辉煌

我和刀郎

也许是鸭舌帽挡住了阳光
让你的人生少了一些温暖
也许你的确土了一些
可你的歌声却能让人寸断肝肠
你把自己当成一棵胡杨
在狂风骤雨中成长
你那样地顽强不屈
让沙漠也成了肥沃的土壤

也许是尘埃掩盖了本质
让我的命运和你一模一样
虽然一直奔跑在路上
可命中注定要饱受苦难的折磨
我不敢与你同称为胡杨
我只能是狗尾草一株
虽然没有人留意观赏
可我也要顽强地去生长

雪花纷飞的时候

又是雪花纷飞的时候
独自守在孤独的村口
望着山路的尽头
再揉一揉昏花的眼球
分别已经很久很久
思念总是挂在心头
打工的儿啊
你可知道爹娘的冷暖
你可知道爹娘的忧愁
远处走来的那个人
是不是儿已回了村口

又是一年里的最后
每日还在默默守候
寒风不停地吼叫
再握紧一些拐杖的把手
归期该是不会太久

总会等你回到村口
久别的儿啊
今年的收入是否丰厚
明年是不是还要远走
让爹娘拉拉你的手
为你洗去满身的尘垢

我用目光和你聊天

月牙儿弯,心事儿烦
我在思念遥远的家乡
树梢儿动,云朵儿翻
我用目光和月亮聊天
一只倾诉我的辛酸
一只传递我的思念
星星听得落泪
风儿听得呜咽
月亮答应会走过我的家乡
将思念转告给我的爹娘

酒杯斟满，酒瓶已干
酒水挡不住我的思念
月过中天，夜已过半
我用目光和月亮聊天
一只诉说离乡的愧疚
一只诉说在外的不安
树叶听得沉思
云朵听得黯然
月亮安慰我不要过分忧伤
将忧伤化作更大的力量

高如星

你是一颗流星
轻轻划过天空
闪烁着耀眼的光芒
让人无比愉悦欢欣
每一个音符
是你灵魂的跳动
每一首乐曲

是你心底的呼声
啊！高如星
你把优美的旋律
写进人们的心中
如同一汪甘甜的山泉
滋润着每个人的心灵

你是一阵清风
轻轻拨动琴声
轻声细语情意绵绵
让人无不为之动情
每一个故事
让人们热血沸腾
每一首歌曲
让后人经久吟颂
啊！高如星
你用美妙的歌声
拨动人们的心弦
好像一杯香醇的美酒
醉在了每个人的心中

望着月亮的时候

望着月亮的时候
想着故乡的村口
春光里扶犁忙耕
秋风里喜迎丰收
啊,故乡的村口
还有多少旧梦残留
每一段的回味
都会让人泪水涌流

望着月亮的时候
想着门前的河流
伏天里嬉戏游泳
寒日里还把冰溜
啊,故乡的小河
还是那么涓涓细流
带着深深的思念
默默走过春夏冬秋

想念雪花

好久不见你的身影
心中很是想念
想你翩翩的舞姿
想你如花的容颜
想你似水的柔美
想你如蝶的轻灵
想你洁白的皮肤
想你纯真的心地
想你撩人的风情
想你飘缈的诗意
想你脱俗的气质
想你绵柔的问候
你降于天落于地
与天地同岁
与宇宙同春
想你将浓浓爱意
轻轻播撒在每一个角落

滋润着每一寸土地
你小小的身躯
却有着无比博大的胸怀
你不言不语从不夸张
只是默默地倾尽一己之力
为世界增添一点秀色
也许在你频繁出现时
人们不会在意你
可当很长时间不见你时
人们才会想起你
你平凡到无人在意
可没有了你就少了一道风景
没有了你山河也会逊色

故乡记忆

每个月圆之夜
就会想起遥远的故乡
腮边的相思泪
又往这心里咽

想起那山路弯弯

想起那溪水潺潺

想起那桃杏飘香

想起那瓜果解馋

还记得窗花年画添喜气

挂着大红灯笼迎新年

爆竹声里除旧岁

吉祥话中送安康

每个不眠之夜

还是想着遥远的故乡

带着一片思念

心又回了故乡

难忘记杨柳轻舞

难忘记麦子飘香

难忘记谷垛高摞

难忘记雪花飞扬

难忘记唢呐声声娶新娘

熊熊的篝火照着红对联

洞房阵阵笑声起

山村处处喜气扬

回兴县

眼皮呀不要这么厉害地跳
火车呀你能不能快点儿跑

拿起手机看时间
心儿呀早已回兴县

穿山越岭过沟洼
一路风景美如画

道路两旁开满花
火车开进了蔡家崖

出了站台我抬头看
老区已不是旧模样

元宝梁上桃杏甜
蔚汾河边谷子香

老乡们跑出家门口
激动地拉着我的手

花狗狗跟着摇尾巴
好像在欢迎我回家

张大哥瞅来李大姐瞧
孩子们不说话来只是笑

温三子岁数已不小
进门就开口把我叫

东家的梨来西家的桃
张二牛端过来大红枣

坐在炕沿上把话拉
说完了这家说那家

思念的话儿说不够
边说边熬上小米粥

阔别七十年

今日回兴县

乡情倍觉暖
老兵心中甜

说起当年打日寇
条件虽苦勇战斗

说起军民鱼水情
大爷皮袄穿我身

房东大婶热心肠
缝衣补烂做军装

说起拥军和支前
九万乡亲士气扬

一万儿郎上战场
一千英烈丧他乡

怎能忘大嫂挤奶喂伤员
怎能忘没有担架拆门板

一桩桩往事如云烟
救死扶伤情义长

老泪纵横情自真
拉住亲人手不松

不见了当年的老房东
也不见了洗衣的老婶婶

当年的玩童成老翁
沧桑的脸上尽皱纹

房东的孙子当了领头雁
带领蔡家崖人民奔小康

小米饭香来南瓜甜
吃着那苦菜忆当年

说完过去看今天
兴县迎来大发展

煤铝形成产业链
兴县杂粮是名片

高速低速都畅通
火车速度快如风

南山美景吸引人
政府大门成靓影

蔚汾河水清又清
高楼林立映河中

医院规模赛省院
设备精良很齐全

教学质量高水平
友兰培养出清华生

广场公园能活动
唱歌跳舞人开心

兴县旧貌换了新颜
老兵我越看越喜欢

待到来年枣儿红
再回兴县看乡亲

故　乡

小时候
你的山你的水
都是无比的美
春的花冬的雪
都是一样的醉

长大后
你的儿你的女
都瞅着大山外
春的耕秋的收
都是低效的累

渐渐的
你出走他远去
纷纷到山外
春的风秋的雨
都把梦敲碎

老 伴

夕阳下晚风凉
走在村外小路上
一辆牛车缓缓行
两眼默默看对方
晚霞映红脸两张
虽说沧桑也安祥
哎,老伴哟老伴
相濡以沫的老伴
情真意切从不说
携手走过几十年

晚霞里暮色暖
暮归小鸟影成双
一抹夕阳下山去
余辉晚照还依然
老屋顶上起炊烟
你添火来我做饭
啊,老伴哟老伴

不离不弃的老伴

不求富贵过千年

只愿至终把手牵

割不断的乡愁

无论在哪里

不管啥时候

故乡的小山村

总在我心里头

垴畔上花喜鹊还在喳喳地叫

小院里大石磨还在垂着头

母亲的老黄酒

想起来还是那样香醇可口

还有她那个针线兜

都是我割不断的乡愁

不知在何时

不知啥时候

离乡的人们

才回到村里头
老井上辘轳还在吱吱地响
河槽里流水还在哗哗地流
父亲的那杆烟斗
再也没人叭嗒叭嗒地抽
还有他那头老黄牛
都是我割不断的乡愁

今夜的月亮

今夜的月亮
必定又圆又亮
远方的朋友
你是否想起家乡
你是否发现
他乡的月亮和故乡的月亮
有些不一样
也许月亮一样明亮
可是故乡的月光
总是那样亲切

总是那样柔情满满

而他乡的月亮

却充满愁怅

充满了悲伤

甚至能看到它眼角的泪光

不知什么时候

他乡成了生存的地方

故乡却成了远方

只是在每个月圆的夜晚

明亮的月光才会提醒

让人想起那曾经生长的地方

牵　挂

星星把眼眨

月亮高高挂

在这宁静的夜晚

我想起远方的家

该是添衣的时候了

不知道父亲是否睡上热炕

不知道母亲是否加了马夹
是不是二老又添了白发
心中的牵挂只能让月亮传达

风儿轻轻刮
树叶响沙沙
在这繁华的城市
我想起乡下的家
该是收获的季节了
不知道玉米是否垂下了头
不知道高粱是否汇成了霞
是不是年景又有些欠佳
缠绵的思念只能让秋风转发

新枫桥夜泊

月转西山夜深深
思潮翻滚心难宁
夜鸟啼鸣惊远客
秋霜悄落寒气浓

渔火晃动水光影
有人起夜落水声
隔船客人也愁怅
夜半难眠心事同

繁星点点入水中
薄雾轻锁露湿浓
辗转反侧难入眠
犹觉衣襟不由人
寒山寺中僧打更
声声钟声敲我心
苏州虽有好风光
夜半难睹枫桥景

回到蔚汾河

心口啊为何这么厉害地跳
车轮呀你能不能快点儿跑
激动的心情难以言表
恨不得马上过了黄河桥

喜鹊鹊叫来黄河水笑
离家的孩子回来了
黑峪口接来三岔口瞭
九龙湾的湾上绕两绕

花狗狗跑来羊羔羔跳
村口口上就把妹妹叫
娇羞的脸上带着笑
叫一声哥哥你回来了

二大娘瞅来三大爷盱
高兴的口中直说好
四哥哥提着一篮篮枣
五妹子拿的是核桃

孩子们围住看热闹
上边看来下面瞧
嘴里正把糖果嚼
不说话来只是笑

老妈妈忙着炸油糕
老爸的杂碎味道好

端起碗杂碎夹起个糕
高兴的眼泪流出来了

蔚汾河水呀响滔滔
两岸的风光实在好
高楼大厦入云霄
绿树红花春来早

广场操场多热闹
大爷大妈把舞跳
小伙帅来姑娘俏
拿着话筒把歌飚

碧水蓝天空气好
经济上了快车道
不用东奔又西跑
哪里也没咱家乡好

乡村振兴掀高潮
返乡创业新目标
你追我赶往前跑
振兴路上竞风骚

我问了秋风问苍天

刚看到朝霞满天
转眼就见夕阳下山
刚看到百花盛开的春天
转身就是落叶飘飘的秋天
刚还是天真浪漫的少年
一晃就到垂暮之年
没来得及品味人生
就要结束这次的旅行
我问了秋风问苍天
时光为什么这么短
让我来不及欣赏一路风光
来不及点赞大自然的磅礴

刚才还是卿卿我我
转眼便成形单影只
刚还听着老人的唠叨嫌烦
一转身我也成了他们那样

刚听着别人讲过去的故事
转眼我成了主人公的形状
还没来得及活出精彩
就要结束人生的表演
我问了秋风问苍天
时光能不能慢一点
让我把未做的事情去做完
让我把最后的形象去妆扮

向着美好未来前行

兴县,是我们生长的地方
兴县,是我们可爱的故乡
这个沟壑纵横的小县
有着非常博大的胸怀
多少年来我们风雨兼程
多少年来我们荣辱共担
既有着光荣的晋绥精神
也有过贫穷落后的名声
所以我们历代兴县人

心怀赤热的家园情怀

努力努力更努力

加油加油再加油

我们没有去等

我们没有去靠

因为我们等不到

因为我们没得靠

所以我们一直在拼

所以我们一直在闯

我们一直在奋斗

我们一直在前行

当我们站在今天的兴县街头

我们不禁感慨万千

一幢幢高楼大厦

一条条柏油马路

天蓝了水清了山也绿了

街宽了灯亮了垃圾少了

县城的容貌靓丽了

人们的脸上也笑了

往日的脏乱差一去不返

今天的美富帅闪闪发光

新时代的兴县人

扔掉了贫穷落后的帽子

开创了新的文明

移风易俗成了新风尚

崇文学技当作新动力

文明兴县,奋斗兴县

美丽兴县,富裕兴县

成了我们新的代名词

我们所有的兴县儿女

沐浴着党的阳光

树立起坚定的信念

扛起新时代精神文明的绚丽旗帜

向着更加美好的未来阔步前行

我们农村人

年轻人

起早贪黑奔忙

就为柴米油盐

脏活累活不嫌

养家糊口挣钱

别看有车有房
只是泡沫辉煌
省吃俭用熬炼
饱受贷款折磨

媳妇描眉画眼
美发美容费钱
颈上还佩项链
还想罗衫来穿

人前风光体面
内心苦辣酸甜
有苦不能开言
藏在肚里缠绵

中年人

人到中年方觉难
上老下小筋脉连
上礼应酬正频繁
举手投足就花钱

老人已经至终年

需要奉养享天年
嘘寒问暖很应当
还需营养保健康

儿女毕业就业难
组个家庭很费钱
辛苦半生把钱攒
不够新房首付款

老人
人老体弱事难成
闲来无事心已空
摇头拄棍出了门
远看身躯弯成弓

眼花耳聋大嗓门
吆喝同伴坐墙跟
家长里短说一通
家家有本难念经

东翁儿女很孝顺
西妪遭遇不公平
儿子啃老脸不红

女儿吃穿总能供

领情要给党来领
低保养老度余生
没生没育却有恩
知冷知热比儿亲

春暖花开又一春
墙跟少了两同龄
擦把眼泪望苍穹
不知哪天命归阴

七夕夜

今夜
我扯一片云彩
将月亮的窗户遮住
洒一些薄雾
把星星的眼睛蒙上
喊一缕清风

拂乱世人的眼光
我只想让牛郎织女
尽情地去温存
这两个久别重逢的人
一定会说一些悄悄话
也会有无尽的缠绵
他们一定会十分激动
还会流下一些伤心的泪水
不信,你看那草尖上的露珠
一定是他俩落下的泪滴

喜临门

为什么天空映朝霞
为什么门前开鲜花
你看那水果摆满桌
还摆了一颗大西瓜
集上买回菜几包
有鱼有鸡还有虾
新鲜蔬菜早洗好

油锅里忙着把糕夹

为什么喜鹊叫喳喳
为什么大爷笑哈哈
忙碌的大妈把汗擦
微笑着和我把话拉
儿子大学刚毕业
工作就到医科大
前天给她来电话
今日和对象要回家

好事成双到我家
咱这心里头呀乐开了花

蔡家崖,我回来了

山重重水重重
山水挡不住相思情
叫一声蔡家崖
我回来了

当年的土窑洞已经翻新
慈祥的房东嫂添了皱纹
陈旧的煤油灯念着旧情
深情的六柳亭泪水满盈
曾记得黄河渡口运军粮
家家户户粮仓都送空
曾记得母送儿子去参军
九万人口送出一万兵
啊！蔡家崖
我的娘亲，我的娘亲
我的娘亲
我回来了

脚匆匆步匆匆
脚步追着梦前行
叫一声蔡家崖
我回来了
坡上的桃杏花张开了口
沟里的小河水笑出了声
院里的大柳树早已等候
幽雅的丁香花散发香醇
曾记的小米饭养活了我
军民鱼水亲如一家人

曾记得战场上痛杀敌军
可口饭送到了我手中
啊！蔡家崖
我的娘亲,我的娘亲
我的娘亲
我回来了

回乡有感

炎炎夏日返山村
沿途草木绽笑容
飞驰疾至小村口
百感交集泪已盈

老妪老翁坐墙跟
互问来客是何人
街道平展很干净
路边花开映门庭

门口早已有人迎

爷爷奶奶倍开心
多日家中无来人
今日归来喜气盈

院中菜园显葱茏
黄瓜顺溜柿子红
茄子发亮紫腾腾
还有青椒绿莹莹

一畦芫荽一畦葱
过时韭菜一窝蜂
一畦白菜长得凶
黄白萝卜站畦棱

正是农家菜水丰
玉米棒子也能啃
午饭不用问吃甚
绿色蔬菜在锅中

蒜调豆角很舒心
稀饭苦菜也喜人
柿子白面最得劲
鸡鱼要换也不行

午后移步村外行
牛羊尽没草丛中
蜂飞蝶舞花色浓
蜻蜓河面接水吻

天空如洗蓝莹莹
庄稼地里显峥嵘
小河流水清粼粼
微风拂面也醉人

空气新鲜多舒心
田园风光溢美景
一山一水都含情
一草一木都觉亲

柳树下面好乘荫
搬凳拿垫诉离情
东邻西舍聚一群
家长里短说不停

日转西山渐黄昏
天边涌出火烧云

也似留恋小山村
缕缕乡情悠然生

晚饭人都在院中
夜风清凉多舒心
边吃边聊话不停
浓浓亲情入画中

东山月亮亮晶晶
碧空星星分外明
望着天河眼出神
牛郎织女两相凝

想起儿时夏夜中
伯父故事讲不停
晚风依旧拂面容
好似回到孩提中

窑洞睡觉不焐人
不需空调来降温
一块棉被盖在身
凉凉快快入梦中

晨醒先闻鸟鸣声
一缕阳光入室中
出门就见上地人
匆匆忙忙往前行

人人爱居城市中
我却独爱小山村
天蓝地绿月亮明
山青水秀空气新

冬有热炕暖人身
夏有窑洞倍舒心
春花秋月人真情
冬雪夏风最可人

浇不灭的乡愁

每当想起白发的母亲
思念就涌上心头
每次想起驼背的父亲

心中就充满愧疚

啊,每个月亮升起的时候

就是我想家的时候

妈妈那碗老黄酒

父亲那根大烟斗

都是我浓浓的乡愁

每当夜深人静的时候

乡思就徘徊心头

望着它乡郁闷的月亮

心中就更加忧愁

啊,每次端起酒的时候

就是我浇愁的时候

老家寂寞的村口

还有孤独的老柳

是我浇不灭的乡愁

离 愁

再摸一把大土炕

好把家乡的温暖带上
再扶一下柴篱笆
好让它把风雨阻挡
看一眼塌了的墙
看一眼残存的房
万分悲伤装满了腔
掬一捧家乡水
把乡情装在心坎上
抓一把家乡土
把乡愁和思念一起包装
闻一闻山丹丹
闻一闻莜麦香
心中万分不舍走他乡
一步一回头
泪在心里流
哪棵大树愿离窝
风里雨里历坎坷
哪个乡亲愿离乡
梦魂萦绕牵愁肠

领袖心系蔡家崖

一九四八年初夏
毛主席来到蔡家崖
小村洒满五彩霞
群众脸上笑开花
石窑洞里细运筹
煤油灯下著讲话
拨乱归真及时雨
指导咱们安天下

一九九四年一月
江书记也来蔡家崖
红色路线亲体验
六柳亭下来讲话
吕梁精神发新芽
晋绥首府绽新花
千叮咛来万嘱咐

老区人民再奋发

二〇一七那年夏
习书记又来蔡家崖
坐在炕头拉起话
倾听老农说当下
殷殷深情感日月
句句问候表牵挂
情真意切暖农家
红色山村美如画

党中央连着蔡家崖
红色的山村美如画

蔚汾河边是家乡

清清的蔚汾河
在呀在流淌
美丽的河岸上
是呀是家乡
屋后北山呈瑞祥

门前绿水泛波光

南山公园景色美呀

下凡的神仙忘了返天堂

坐在那南山顶上

笑看小城美丽好风光

清清的蔚汾河

日夜在流淌

美丽的家乡

多呀多贤良

人人勤劳奔富路

家家生活达小康

如今再书新篇章呀

振兴的路上树个好榜样

要让我们的生活

到处都是歌甜酒也香

赶山汉子

迎着朝阳整装出发

踏着露水一头扎进山里

这边上了山

那边落了坡

汗水从头上滴落

脚步在林中穿行

憨实的大山

拿出自家最好的东西

招待赶山的汉子

山蘑菇,中药材,野果子

都欣然地跑到汉子的布袋里

汉子开心地唱起了山歌

声音粗犷带着点荤味

和求偶的野公鸡一样高亢激昂

那些麋鹿、羚羊、野猪、狍子

远远地望着汉子

有的支愣着耳朵

有的欢快地跳着

它们好像也和赶山的汉子一样

乐了醉了

拾麦穗

金黄的麦田
麦子已被割完
只剩下麦茬闪着金光
几位少年
手拿柳筐
说着笑着跑着
如小鸟一样
在麦茬中搜寻着
父辈很少掉落的麦穗
尽管麦穗很少
但在孩子心里仍在盘算着
多少枝麦穗能够一碗白面
偶尔跃起的蚂蚱
也不会让少年心动
他们全神贯注地拨拉着麦茬
一枝，一枝
拾起他们的希望

一缕春光

草长莺飞三月天
桃红杏白柳色鲜
溪流一路唱欢歌
浅唱低吟入画舫
檐下燕子呢喃
道不尽重逢缠绵
枝头柳丝飞扬
说不清心中激昂
不知哪位丹青妙手
描绘出这美丽动人的北国春光

魂在故乡

故乡
是我生长的地方

老井水小米饭

养育我长大

滚铁环掏鸟蛋

我在快乐中成长

随着我渐渐长大

慢慢地开始抱怨故乡

为它的贫瘠沮丧

为它的落后心酸

总想着远走他乡

去追求心中的梦想

多年以后

满身疲惫的我

突然想起了远方的故乡

原来故乡用母亲的一根丝线

紧紧地系在我的身上

让思乡越来越浓烈

那黄昏的夕阳

牧归的牛羊

还有母亲在门口唤儿回家的模样

让我感到还是那样亲切

我突然明白

我和故乡并没有多远

原来我的根我的魂还在故乡

三月春光到农家

春风春雨催春花
三月春光到农家
晨雾朦胧鸟雀噪
旭日东升满天霞

催耕布谷声声急
啄泥新燕垒新家
岸边垂柳随风荡
坡上笑开桃杏花

流水惊醒溪下蛙
浮出水面很惊讶
田里已是人声闹
陌上小草已发芽

东邻西舍笑哈哈
晨昏相遇话桑麻

若得及时雨一场
喜看一幅丰收画

老院情

山路弯弯转了又转
上了坡就是我的老院
西院的磨呀东院的碾
静静地躺在那墙角边
垴畔上的枣树早已不见
再也听不到喜鹊报平安
窑洞上的木门窗不知去向
丢下那黑窟窿让我眼泪潸然
啊！老院
我的老院
我忘不掉的老院

寒风瑟瑟满目凄凉
泪水模糊了我的眼帘
大爷的胡子大娘的脸

活生生地出现在眼前
忘不了女子们的鸡毛毽
忘不了小子们的陀螺鞭
忘不了一院人的情义深呀
忘不了一家有事众人都来帮
啊！老院
我的老院
我恋不够的老院

童趣两首

偷吃豌豆
蔓菁角嫩叶片稠
看客嘴角口水流
不知谁家少年
田边蹑手蹑脚
东张西望步柔
欲将豌豆入口
纤纤小手摘豌豆
视若珍宝藏衣兜

暗处轻剥豆荚
用嘴吮吸珍馐
还有娇嫩荚衣
犹觉脆甜可口

偷瓜
花发老翁忆童年
当年趣事如眼前
独自一人出声笑
今生难忘稚气言

炎炎夏日热难挡
坡上甜瓜诱人香
馋嘴小子心思动
欲偷两个来品尝

叫上两个小伙伴
河底淤泥抹脸上
偷偷摸摸上山岗
绕边串沿近瓜田

爬着靠近瓜地边
慢慢掀开绿瓜蔓

抓起甜瓜鼻上嗅
生瓜无味熟瓜香

有时顺利离瓜田
甜瓜吃的满嘴香
西瓜经常是白瓤
尝上一口扔一旁

有时刚刚到田边
看瓜大爷就发现
站起身来大声喊
赶紧拔腿出瓜田

跳高埂,蹓陡坡
扑通扑通就过河
转眼跑的不见面
遥望大爷笑呵呵

树枝挂破粗布裳
乱石踢烂布鞋帮
头上汗水往下淌
相约改天再上山

农民父亲

一双长满茧的手
撑起一家的温暖
一张刚毅的脸
显示着你的坚强
田垄是你挺起的坚实胸膛
犁沟有你播下沉甸甸的希望
高大的身躯背起一家人的柴米油盐
坚定的步伐走过一辈子的岁月沧桑
你把苦累装在烟斗里
你把慈爱掺在眼光里
苦累也不说
慈爱也不说
不声不响却胜过万语千言

一双沾满泥的脚
丈量着土地的长短
无数晶莹的汗水

浇灌出满眼的绿妆
秋风的糜子逗开你的笑颜
寒露的谷子讲述你的担当
耀眼的镰刀舞出了丰收的喜悦
厚重的石碾碾出了心中的欢畅
你把笑声撒在田野里
你把心事放在四季里
春夏和秋冬
二十四节气
年复一年都在父亲的算计里

相思的夜晚

多少个夜晚
呆呆地看着月亮
月亮依旧明亮
我却漂泊他乡
望着明亮的月光
就好像看见了慈祥的爹娘
不知此时的爹娘

是否也在望着月亮

多少个夜晚
傻傻的难以入眠
月亮缺了又圆
人却实在难圆
望着天上的月亮
心里头翻滚着苦涩的思念
我知道此时的爹娘
也有说不完的思念

五月槐花香

五月的艳阳
照暖了槐乡
飘香的槐花开满山岗
处处闪烁银色的光芒
串串槐花好似银铃铛
又像那银线把珍珠穿

风来若飘雪
朵朵着玉妆
这满山的槐花
就像那银色的海洋

五月的槐香
醉美了心田
俏丽的槐花十里飘香
丝丝缕缕香味润肝肠
树树槐发如同茉莉香
赛过那梨花的俏模样
挺身迎朝阳
朵朵露笑脸
这满眼的槐花
妆扮着美丽的槐乡

夕阳泪

夕阳落山头
回眸望长空

轻轻晚风吹动河边柳

多少个不舍

在瞬间泪流

挽起一片霞光遮了头

有多少忧伤

有多少哀愁

装进满腔幽怨独自走

再看河边柳

无奈慢荡悠

多少无奈总是难开口

曾经的愉悦

都被风吹走

留下一腔心事怎运筹

看炊烟袅袅

那浮云悠悠

惹得暮色黯然百般愁

我们的童年

我们的童年
快乐时刻相伴
农家院里打陀螺
打谷场上滚铁环
渴了喝瓢老井水
饿了抓把干炒面
啊！天真的童年
浪漫的童年
春天里摘毛杏常有挂伤
夏日里偷瓜果只为解馋
爬崖畔攀树梢不为奇
浓浓的童趣总在岁月里飘荡

我们的童年
总是快乐无边
小河里面去游泳
老槐树上掏鸟蛋
困了睡在草垛里

累了躺在草滩上
啊！快乐的童年
甜蜜的童年
秋风里烤土豆糊成黑脸
冬天里打雪仗哪管天寒
撵鸡飞逗狗叫只为开心
甜甜的回忆常在脑海中徜徉

一河春色

春河水开好荡舟
小伙舞桨船悠悠
万朵浪花风扬起
船歌飞出云外头
哎
岸边姑娘脸含羞
将身置于百花洲
甜甜心事撞心头
羞羞答答难开口

春草雨后争露头
小妹河边漫步走
千条柳丝风吹动
心事悄悄说出口
哎
摇船小伙乐悠悠
拉着小妹上船头
只愿今生常相守
河水清清情悠悠

庄户人

惊蛰河开春风吼
过了个清明出了牛
男人扶犁来耕地
女人碎土汗水流
谷雨的前后
埯瓜又种豆
风沙天里忙下种
红日头下去锄耧

中秋月圆露珠稠

转眼又重阳九月九

秋风糜黍黄了头

寒露谷子赶紧收

霜降杀百草

挽麻挽黑豆

打谷日子要吃糕

热炕头上来喝酒

清明寻根

去年清明

今又清明

桃杏开时雪纷纷

儿也匆匆

女也匆匆

千里驱车祭亲人

山上古坟

山下孤冢

纸烟袅袅渐升空

寻得坟穴

难见亲人

喜忧道来无人听

村依稀

人依稀

风筝断线再无根

眼盈泪

心早碎

满腹惆怅问春风

北国春色

推开窗门迎接暖阳

檐前春燕细语呢喃

似在诉说离别的思念

似在赞美北国的风光

啊

桃杏争相露出笑脸

笑着问梨花何时吐芳

河里青蛙叫声一片
惊醒小草四处张望
仰起了稚嫩的笑脸
迎接这美丽的春光

拥入春风怀抱温暖
村边河水欢快流淌
欢蹦乱跳奔向那远方
收获两岸美丽的画卷
啊
杨柳相邀神采飞扬
拉手请姑娘荡起秋千
天边牧童挥动长鞭
赶着牛羊上了山岗
敲响了春天的琴弦
歌唱这北国的春光

春　讯

杏花含笑桃花羞

春风轻搂杨柳腰
北归燕子几声叫
惊醒阳洼梦中蒿
啊
看那杨柳春风多风骚
欲将乘兴弄春潮
莺雀声声在欢叫
三月春光多么好

春溪含情残冰消
游人唤醒河上桥
岸边羊儿欢蹦跳
露土小草抿嘴笑
啊
看那纸鸢高飞空中飘
兴高采烈把头摇
放线稚子声声笑
三月春光无限好

同学赋

人海茫茫,岁月沧桑
你我已满头白霜
经风历雨,感受冷暖
世间苦辣俱已尝
轻扶几案,一声长叹
人生不过数十年
忆及当年,少年轻狂
世事未通言行荒
唯有童真,稚气人爱
童言无忌皆喜欢
直至今天,青涩难返
人生再无小少年

想当初意气奋发志冲凌霄
看今朝满身疲惫一副羸躯
呜呼,哀哉
但愿来生再同窗

互相珍重度时光

山泉水

每天匆匆忙忙
日夜不停流淌
绕过那坑坑洼洼
转过那沟沟坎坎
走过春夏秋冬
经过雨雪风霜
见过那晨雾濛濛
见过那暮色夕阳
绕来绕去哟
绕不出这重重的大山

一天接着一天
一年连着一年
饱尝了苦辣酸甜
感受尽岁月沧桑
穿过荆棘丛林
挤过石头缝隙

拼尽一身的力量
还在这沟里打转
转来转去哟
转不过这绵绵的大山

走在村外的小路上

走在村外的小路上
迎面的春风让人多么舒畅
随风飘来泥土的芳香
让我的心情也在飞扬
啊
一群鸽子飞过蓝天
挤碎了几瓣火热的太阳
洒落在这田野和村庄
点燃了农家美好的希望

走在村外的小路上
路边的杨柳随风轻舞飞扬
枝头喜鹊在放声歌唱

歌唱北国的大美春光
啊
田野小草探头张望
笑问春风谁是她的新郎
看着她那娇羞的模样
勤劳的人们充满了力量

羊倌歌

野鹊鹊叫来麻雀雀吵
东风风吹动那杨柳梢
圈门门一开就往外头跑
赶着羊群上了那山峁峁
白生生的云朵随风风飘
黄晶晶的蒲公英草林林里找
放羊的人呀心情好
站在那圪梁梁上把歌飚
老祖宗留下这苦调调
一半是唱来一半是嚎

阳婆婆落山天色已不早
羊肚肚来是可吃了个饱
咱把那羊群群来数一数
这命根根一个也可不能少
领着那羊群下了那山峁
清粼粼的泉水实在是好
羊妈妈心里惦记着羊羔羔
走在前头就圪噔噔地跑
羊羔羔想妈妈在栅栏栏里跳
嘴里头不停地把那羊妈妈叫
哎
放羊的人我可回来了
放羊的人回来了

故乡恋

还是这道梁
还是这条沟
依旧是桃花艳
依旧是黄风吼

春来了
天暖了
房檐下燕子呢喃啁啾
河堤上又绿了新柳

还是这条河
还是这条路
依旧是这村口
不见了娘的守候
冬来了
雪飘了
出门的人儿又回来了
兜里仍装满了乡愁

春　潮

春寒尚在
春门已开
春风已迫不及待
桃李未开

春燕未归

春天早蕴酿真爱

春草醒来

春柳轻摆

春天向我们走来

春潮涌动

心潮澎湃

勤奋的人岂能等待

不需百花全部盛开

心中早已希望满怀

紧跟着春风的方向

在春光里酣畅书怀

春 风

立春刚过

春风便带着江南的柔情

挟着一股暖流

迫不及待地过来了

它贪婪地舔舐着好看的窗花
使劲拍打着窗门
摇晃着红灯笼
清理着枯枝败叶
一古脑爬上山头
大声呼唤着沉睡的土地
催促着备耕的农人
好奇的孩子们睁大了眼睛
摘掉头上的棉帽
和那些春芽儿一起
看着春风吹过的地方
诞生一片新绿

喜鹊和麻雀

喜鹊
身穿花衫心思灵
以虫为食不妨人
枝头跳跃爱活动
世间冷暖心中明

素来人间有美名
谁家逢喜它知情
枝头欢叫报喜讯
赢得一片赞誉声

麻雀
寄人檐下且当家
粪便落地不管它
自私之心永不改
总觉世人比它傻

叽叽喳喳总自夸
偷谷窃豆不为瑕
问它可上几重天
低头不语梳乱发

匆忙的年

多少人年前回家门

行色皆匆匆
沿途景色不关心
心系父母亲
车轮滚滚寒风阵阵
归心似箭冲
一年的思念今成真
终能见亲人

多少人年后离开村
行色又匆匆
父母送儿出家门
挥手再叮咛
聚也匆匆离也匆匆
离合总关情
回头还见佝偻影
不由泪滴滚

春风来敲我的门

我还瑟缩在寒冬里

春风来敲我的门
她将尘封的心事
讲给我来听

我还裹在棉被中
春风来敲我的门
她那轻柔的语言
拨动我的心

我还在为人情冷暖纠结
春风已闯进我的心
她那纯洁的心灵
感动着我的心

在冬天最后的日子里
春风推开我的门
我仿佛看到了春的妆容
把我死去的心唤醒
原野依旧冷漠
人心依旧险恶
但是春天仍会回来
童真的春风
总会温暖所有人的心

返乡过年

新年来临雪纷纷
归乡游子步匆匆
坐飞机,乘高铁
自驾小车千里行

远望家山泪湿巾
近看两侧景如影
一年在外心在村
回家再见父母亲

穷乡僻壤也觉亲
山路弯弯风含情
村口老榆绽笑容
舒开臂膀把我迎

心情愉悦走进村
人人脸上沐春风

寂寞小村又沸腾
欢声笑语情义浓

擦玻璃,搞卫生
几净窗明暖融融
贴对联,挂灯笼
红红火火迎新春

除夕夜,篝火红
饭香菜美话亲情
老妈黄酒味更醇
喝上一碗最醉人

点燃鞭炮"大地红"
噼哩啪啦如雷鸣
礼花映得满天红
驱瘴纳瑞祈太平

春晚节目无人问
唯有屏内扬笑声
左邻右舍来窜门
互相祝福暖人心

对联灯笼红彤彤
篝火人脸相映红
仗着酒劲嗨几声
笑声起处年味浓

那拉提的冬景

那拉提的冬天
有着别样的风光
蓝蓝的天空映衬着明媚的阳光
折射出五光十色的光芒
厚厚的白雪覆盖着蟒原
如同牧羊人穿着羊皮袄一样
墨黑的油路曲曲弯弯
穿过大山高原
雪后的空气倍感新鲜
让人心旷神怡
微风带着几分酒香
醉了那拉提的牧民
冬不拉跃动着琴弦

娓娓讲诉这异域风情
天山的雄鹰兴奋地在高空盘旋
享受这大自然带来的快乐
牧场的牛羊慢慢咀嚼的模样
多么悠闲多么温暖
牧羊的姑娘情不自禁地起舞
似蜜蜂嘤咛似蝴蝶翩翩
啊！那拉提的冬景
不一样的风光
让人冲动让人激昂

腊八情思

小时候
腊八是一个节日
是一份期盼
那冻好的冰鼓
在黄土地上溜出了一长串的脚印
伴随着一串串的笑声
印记在童年的记忆中

而母亲的炊烟

已早早地将酒米蒸好

当天明的时候

我们兴致勃勃吃起酒米

可谁也没注意母亲鬓上的霜花

谁也没去留意

那是气水还是汗水凝结而成

如今又到了腊八

我在遥远的他乡

腊八成了一份思念

他乡的我

好似又看到了母亲佝偻的身躯

和蹒跚的脚步

满头银丝的她

正系着围裙蒸着酒米

那灶堂里的柴火

映着母亲布满皱纹的脸

汗水和汽水一起凝结在

母亲苍白的发梢上

那笼屉上的滚滚热气

让我嗅到了酒米的香味

更多的则是酸酸的味道

梦回故乡

窗外的月光
陪着我又回故乡
古老的村庄
依旧是那么安详
那村子的中央
有我们嬉戏的鱼塘
四周的五角枫随风飞扬
漂亮的翠鸟还在枝头鸣唱
啊
我可爱的故乡
难忘你美丽的模样
游子们的脚步
仍愿停在你的身旁

故乡的月光
还是那么清澈明亮
妈妈的炉灶

还在升着袅袅炊烟
村前的那条小河
还在涓涓地流向远方
光屁股的小男孩坐在岸上
清脆的笑声在河谷里回响
啊
我可爱的故乡
你永远在我心上
每次把你想起
泪水就在眼眶里打转

妈妈的炊烟

雄鸡打破黑夜的宁静
妈妈已点燃灶膛的火苗
当我们醒来的时候
已是朝霞满天炊烟袅袅
枝头的麻雀也在不停地吵闹
在这种日复一日的规律中
我们渐渐长大

谁也没在意缺米少面
谁也没在意瓮中水多水少
我们淡忘了昨晚的油灯下
妈妈做着针线的身影
也没看见过今早晨曦中
妈妈燃起全村最早的炊烟
只是在偶然间突然发现
炊烟已熏白了妈妈的发梢
岁月已刻进皱纹的深处
不知不觉中
妈妈的背驼了
眼神也昏浊了
一种莫名其妙的酸楚
便悄然袭上了心头

小村春夜

月亮升起来了
星星缀满天
微风轻轻吹来

心情多么舒畅
坐在那小河边
看星星在眨眼
听蛙鸣悠扬
吟唱春的希望
嗨喽嗨喽嗨喽嗨
吟唱春的希望

槐花香飘来了
鼻中装满香
柔和的月光
洒在大地上
漫步村中小道
哼一曲乡间小唱
望眼抬处
一道流星划过
携蠢动一起飞翔
嗨喽嗨喽嗨喽嗨
携蠢动一起飞翔

故乡秋色

推开窗门迎面山
太阳就在山上边
北洼杨桦舒红袖
南山松柏披绿装
泉水叮咚把歌唱
山花摇出一身香
火红的酸溜溜酸又甜
满山的山蘑菇嫩又鲜
啊故乡，故乡
美丽的故乡
这哪里是窝铺山庄
分明就是那世外桃源

牛羊出圈步悠闲
鸟鹊枝头歌声扬。
坡上莜麦笑开颜
地里土豆色金黄
畦里芫荽绿莹莹

垄上谷穗把腰弯。
沉甸甸的玉米有份量
硕大的高粱醉红了脸
啊！故乡，故乡
美丽的故乡
这哪里是窝铺山庄
分明就是那世外桃源

落叶的恋情

一片落叶收到秋的问候
激动地从树上跳了下来
它扭动曼妙的身材
随着秋风的摇曳翩翩起舞
快三慢四中与秋风相拥
上翻下滚尽情展示着它的热烈
无声胜有声的曲子
仿佛正奏着《梁祝》
为缤纷的世界
增添了一道更为靓丽的风景

它使尽气力表演
只为一段质朴的恋情
虽说离开了生长的地方
但是它也不会寂寞
有秋风相伴它已足矣
即使是客死他乡
它也曾为爱有过疯狂

中秋思乡

望着天上的月亮
想着远方的故乡
云朵匆匆飞过
思绪阵阵飞扬
城里没有老玉米
城里也没有黄谷穗
城里没有山药蛋
城里没有爹和娘
月亮啊月亮
亲亲的月亮

看着你皎洁的脸庞
我仿佛回到了故乡
小桌上摆满了妈妈的饭菜
窑洞里弥漫着父亲的烟味
单调的瓜果
拌着玉米面的月饼
总能给一家人带来欢乐的气氛
窄小的窑洞
哪能容的下全家人的笑声
那欢乐的笑声
总会冲出窑洞
飘荡在农家小院

家　乡

连绵不断的青山
轻轻流淌的小河
茂盛的庄稼一眼望不到边
争奇斗艳的野花
绿茵茵的草地

微风吹来醉人的清爽
蔚蓝的天空
飘着朵朵白云
明媚的阳光多么温暖
放牧的少年
甩开那长鞭
吆喝着他们的牛羊
山路弯弯
峰回路转
转过垎口就是我的家乡

兴县打工谣

刚过了年那春风就满山吼
一冬的冰雪化成溪水流
又到了这出门的时候
心里头又犯起阵阵忧愁
唉……
难舍的话憋在心口头

只将几句叮咛说出口
为生活青壮往外走
守家园老人家中留
跑东胜好比走西口
伤心的泪蛋蛋止不住地流

飘零的雪花又飞满山沟
不知不觉已到了年尽头
出门的人扳着那手指头
算计着哪天能回那村口口
唉……
心心事事睡不着个觉
恨不得马上就往村里走
一眼眼看见山沟沟
一步步走到村口口
紧紧地拉住妈妈的手
愧疚的话儿哽咽着说不出口

八一有感

南昌城头一声响

革命志士齐武装
反腐反朽反封建
中国命运新主张

从此道路不寻常
红军处处遭围歼
蒋军不容置死地
多次围剿心不甘

幸好出了毛委员
临危受命勇担当
斗智斗勇解危难
绝处逢生凭智囊

长征路上多危险
历尽艰辛会井冈
泸定桥上显神勇
赤水四渡成经典

为避锋芒踞延安
养精蓄锐攒力量
机动灵活游击战
以少胜多战绩繁

日寇侵华十四年
烧杀抢掠罪滔天
国共合作显大义
携手共同驱豺狼

人民群众是力量
民心所向拥护党
全国人民得解放
从此有了新政权

今日成就多辉煌
世界地位敢为先
科技领先有力量
戍边卫国保安全

俄乌冲突正紧张
佩氏来台要窜访
唯恐不乱触底线
无事生非挑事端

中国政府言在先
后果自负自寻烦

导弹已备发射场

拭目以待国威扬

梦里河堤

小河边的长堤上

是我怀念的地方

那里柳丝飞扬

那里春燕呢喃

那里是你我约会的地方

你那件红衬衫

你那条麻花辫

让我心情荡漾

长堤岸啊长堤岸

留下我多少的思念

小河边的河堤上

是我难忘的地方

春风依旧浩荡

杨柳依旧悠扬

柳笛唤不回当初的热恋

那件红衬衫
那条麻花瓣
让我一直怀念
长堤岸啊长堤岸
你是我甜甜的思念

小院夜景

坐在这宁静的小院
感受这夏夜的凉爽
月光多么明亮
夜色多么迷人
晚风徐徐吹过
送来阵阵花香
树叶如蝉翼一样
在风中轻轻抖动
路灯发出柔和的灯光
照着人们的脸庞
树下的人们细语轻言
诉说着家长里短

东边大妈舞姿翩翩
西边小伙歌声嘹亮
孩子们蹦跳贪玩
夜深了也不知返
啊
小院的夜景多么迷人
星星也眨着眼睛观望

百年辉煌

一九二一年
你诞生在红船
为了让中国走出苦难
你义无反顾地选择了担当
星星之火燃起了华夏儿女的希望
枪林弹雨挺起了中华民族的脊梁
党啊党
历经磨难建起了红色政权
奋勇拼搏书写了伟大诗篇
你光辉的形象

让世界投来赞赏的目光

二〇二一年
你已百岁华诞
百年奋斗已铸就辉煌
如今中国已是国富民强
经济飞腾人民幸福安康
科技领先国家更有力量
党啊党
回顾一百年的风雨历程
我们众志成城又要起航
你指引着我们
实现中华民族的复兴梦想

那年麦收时

六月里好风光
麦田里呀一片黄
麦秸秸挺起高高的胸膛
麦穗穗它骄傲地把头昂

麦芒长又尖

麦粒颗颗圆

男女老少齐下地

镰刀舞处闪金光

啊

风吹麦浪人声欢

丰收的歌声在飞扬

六月里好风光

热闹不过打麦场

牛拉的碌碡慢慢地转

赶牛的歌声多么悠扬

扫帚扫麦粒

叉子翻麦秸

堆上麦子金灿灿

叫人心里好喜欢

啊

木锨扬起好心情

布袋里就把幸福装

春苗儿

春苗儿耐不住寂寞
它悄悄地推开土门
伸出头左看一下右看一下
它还没来得及看清周围的情况
太阳就把它一把拉住
再也不让它回家
春苗儿又怕又羞
战战兢兢地在跟着太阳跑
慢慢地
春苗儿长高了长壮了
春苗儿的胆子也就大了
每天盼着太阳早点出来
和它一起玩耍

小村晚景

夕阳下的小村边
不知名的野花正在开放
放牧归来的少年
骑在牛背上
一曲悠扬的笛声
随着晚风在飘扬
晚归的麻雀儿
仿佛被笛声所感染
在枝头不停地喧嚷

晚霞里的小村庄
浑身布满了霞光
袅袅升起的炊烟
在村子上空
如同薄雾般流淌
生火的老奶奶
抱着那柴禾
在霞光里露出慈祥的笑脸

那一串槐花

那一串槐花
是多么高雅
一身素装随风起舞
仿佛仙女下凡般飘飘洒洒
一阵清香扑面而来
赛过那久负盛名的茉莉花
玲珑剔透的花容
好似那小姑娘玉面无瑕
看的人两眼傻傻
似一串串银色的灯笼高挂
像一串串银铃儿笑声哈哈
风儿在吹
槐花儿在起舞
风儿将槐花画成了一幅美人画
让西施深感逊色
使玉环不敢放荡
昭君感叹貂蝉无话
也让那黛玉更加心清欲寡

故乡啥也亲

风也轻,雨也浓
风雨也兼程
山也亲,水也亲
故乡土也亲
还是熟悉的山路
还是路边垂柳把我迎
村口的老榆树
舒眉展眼笑盈盈
田里的高粱
害羞的脸上飞出了红晕

院也净,窑也明
左邻右舍乐融融
碾也亲,磨也亲
碾米磨面养我身
那口古老的水井
总是和我心连着心

慈祥的老父亲

高兴地双眼眯成缝

枣树上的喜鹊

兴奋的叫声传遍了山村

哎,故乡啥也好

故乡啥也亲

最远的地方

小时候

最美的地方是故乡

那里山青水秀

那里鸟语花香

那儿有我快乐的童年

那儿留下我最幸福的时光

树木花草与我结伴

沟沟洼洼是我乐园

想起来仍是那么亲切

依然是那么温暖

长大后
最远的地方成了故乡
一次次望着月亮
一次次深深思念
每一夜辗转难眠
每一回泪洒枕边
笑脸下藏着的淡淡忧伤
风光里含着无望的梦想
脆弱的心多么需个港湾
将不安与烦燥安放

故乡,故乡
我深爱的故乡
不知何时
你成了离我最遥远的地方

想起妈妈

端起这碗小米饭

看到了你的脸庞

摸摸身上的衣衫

想起了你的慈祥

说不完的叮咛

仿佛还在耳边

妈妈啊妈妈

只有你才知道我是冷是暖

只有你知道我的欢乐忧伤

天空的那轮月亮

照着这凌乱的他乡

望着皎洁的月光

想起妈妈的容颜

你那佝偻的身影

是否还是匆忙

妈妈啊妈妈

在这夜深人静的时候

孩儿总有无尽的思念

今夜的月光（写在母亲节）

今夜
柔柔的月光
悄悄地
溜进了我的房
它像母亲一样
守在我的床边
用它纤纤的手掌
轻轻抚摸着我的脸
我在朦胧的月光中
仿佛回到了童年的时光
我好像正躺在母亲的怀里
吮吸着甘甜的乳汁
而母亲正在低声哼着
那首我一直没听完整的《绣金匾》
她那双长满茧的手
一只抱着我
一只轻轻地拍打着我

我在母亲的歌声中慢慢睡去
此时的我
浑然不知道
自己在哪里
只感觉到这如幻如梦的境界里
掺了一半的心酸
掺了一半的甘甜

山村春色

走在村外的大路上
多情的春风在荡漾
蔚蓝的天空飘着朵朵白云
宽畅的大路两旁百花争艳
那条蜿蜒的小河在轻轻流淌
唱着一支欢快的歌
啊,山村的春色
总是这么迷人
沐浴这美丽的春光
我们的心情是多么欢畅

走在村外的大路上

百灵鸟歌声动听悠扬

春燕儿衔泥筑新巢又在忙碌

布谷声声催人下种叫声不断

啄木鸟飞到路旁的大树上

把春天的钟声敲响

啊,山村的春色

总是这么催人奋进

在这个美丽的春天

我们精神焕发播种着希望

红枣宴

吕梁山下黄河边

红枣之乡美名扬

千秋工艺出盛唐

阳府井秘制了红枣宴

美食文化传千年

红枣甜,枣茶香

软米面,捏枣糕
红枣酒味飘十里香

红枣宴席食补全
又可口来又营养
益气养神又延年
走进了那人民大会堂
外国朋友都点赞
红枣甜,枣宴香
枣宴香,心相连
红枣宴美名天下扬

黄河姑娘

黄河姑娘真漂亮
一双眼睛水汪汪
两个酒窝长脸上
一根长辫连的长
哎
黄河姑娘很倔强

走北又闯南
不怕风雨狂
吃苦耐劳倍坚强
汗水洒路上
信念更坚定
不屈不挠永向前

黄河姑娘心善良
待人热情又大方
心存大爱有担当
性格爽朗笑声扬
哎
黄河姑娘能力强
知识肚中装
才华又横溢
一片赤诚报家乡
父老迎笑脸
美景如画舫
黄河姑娘心更甜

枣花赞

没有菊花香
没有牡丹艳
不和梅兰争风骚
不与桃李抢春光
枣花呀枣花
小小的枣花
从来不说苦
苦难心里藏
身材娇小志不凡
倾心绽放十里香

爱在黄河滩
情洒黄河畔
常听黄河诉衷肠
欣邀蜜蜂入花房
枣花呀枣花
小小的枣花

想要结硕果
不怕风雨狂
日夜努力倍辛勤
溢出蜜汁最甘甜

原野放浪

春风
扯破喉咙的吼
万马奔腾的跑
跳过沟壑
踩过山梁
肆意地在春天里
放浪

春雨
不在乎价格昂贵
肆意泼洒于天地
时而轻扬
时而浇注

在农家窃喜的心境里
放浪

桃花
甩掉所有羞涩
一股劲地开放
轻歌曼舞
骚首弄姿
在梁峁淫邪的眼光里
放浪

蜜蜂
用尽力气吮吸
随心所欲抓摸
左拥右抱
又亲又吻
疯狂地在花怀里
放浪

放浪是冲动
放浪是激情
放浪是真性
放浪是豪迈

村干部之歌

生长在这块土地上
总有说不清的眷恋
如蜜蜂对花朵的挚爱
是儿子对母亲的依恋
怀揣着美好愿望
肩挑着一份担当
地头田间
屋后房前
总见你灰头土脸
身影匆忙

奔走在这条路上
总有数不尽的坎坷
汗水常湿衣背
总有收获的一天
行动是最美的语言
书写最深情的诗篇

日思夜想

终日奔波

为的是家乡兴旺

乡亲富康

再唱九九艳阳天

春风吹绿了黄河滩

黄河掀起了层层浪

二妹子坐在河畔畔上

看着小哥哥那好人样

心里头如同吃蜜甜

不由得红晕映脸上

九九那个艳阳

天来哎咳哟

十八岁的哥哥偷偷把我看

春风呀吹的树梢梢动

妹妹的心里话想对你讲

春燕成对呀又成双

乡村到处是好风光
二妹子心思不再隐藏
对着小哥哥把话来讲
乡村振兴带来了希望
抓住机遇咱们来发展
九九那个艳阳天来哎咳哟
十八岁的哥哥快来听我讲
咱二人手挽手来肩并肩
幸福的生活就像艳阳天

春耕忙

阳春三月好风光
庄户人家备耕忙
掏茬送粪浑身汗
编糖擦铧备箩筐

日未出山已早饭
拉牛扛犁去耕田
老牛嫌累步履慢

花狗开心跑的欢

挽起裤腿扬起鞭
吆牛小曲也悠扬
农妇镢打土坷垃
一起一落不偷懒

暮色朦胧把家还
喂鸡喂牛再喂羊
干渴爱喝小米饭
煮上几颗山药蛋

常恐儿女受苦难
风雨天气勇向前
风吹土扬强忍寒
小雨湿襟若等闲

从春到冬三百天
无有一天能清闲
土里刨食实属难
抚儿育女寄希望

梨花情

走过秋,走过冬
只为在春天里相逢
没有艳丽的妆容
只将素心与春风相融
说你是雪花朵朵
你没有纷纷扬扬
说你是国色天香
一点也不显过份
静静地绽放你深深的爱
只为那些懂你的人
啊,梨花
雪白的梨花
啊,梨花
纯洁的梨花
经风霜,沐冰雪
着素装,放清香

只为在这春天里倾吐
你埋在心里的那段风花雪月

回茶山

湫河流水泛波光
一路欢歌向远方
黑茶山上迎曙光
霞光万道沐山庄

湫水河的水呀养育了我
小屁孩长成了大老爷
黑茶山的山呀激励着我
一路坎坷向前方

远在千里想喝湫河水
身在城市想着茶山美
几回回梦里茶山归
几回回手捧湫河水
亲不够的土呀喝不够的水

全天下就数咱茶山美

过了县川入南川
一头扎进黑茶山
寨上迎来东会接
一路飞奔不歇息

张大爷瞅来李大娘看
儿时的伙伴怎不见
东胜打工把钱赚
一年四季难见面

土豆开花白生生
玉米露出红缨缨
豆角角长的绿莹莹
山丹花开的红彤彤

东家喊来西家叫
淳朴的脸上带着笑
推莜面来炖猪肉
家乡的饭菜吃不够

站在山顶放眼瞅

万里江山眼底收
左手东会姚家沟
右手固贤苏家沟
不由自主放歌喉
又想唱来又想吼

刀劈的峰来斧砍的山
悬崖峭壁在眼前
云涌雾动如轻烟
引来天外众神仙

茶山不输昆仑山
神话故事说不完
庙里住着大王爷
传奇故事代代传

英雄坠机写忠诚
人民敬爱如同神
革命烈士永纪念
激励后人永向前

满山松柏似林海
树下长有中药材

犹有猪苓最名贵
奇特功能传海外

野猪狍子和羚羊
闲庭信步林中藏
野鸡褐鸡声悠扬
叫声回荡在山间

赏不够的光来看不够的景
斩不断的思念割不断的情
常回茶山看美景
山山水水诉衷情

元　宵

春风浩荡冰雪消
敲锣打鼓过元宵
这边秧歌庆盛世
那头高跷竞风骚

夜来不黑灯火明
彩灯盏盏随风飘
一轮圆月挂中天
处处笙歌起春潮

农家不理城中事
只盼春色来得早
嗅风已知回归意
心中窃喜上眉梢

北山桃杏舒臂摇
南岸杨柳舞细梢
街头又见拄杖人
依墙扎堆把话聊

儿时的年

儿时的年
是烂漫的雪花就着灯花
在黑夜里跳舞

儿时的年
是烟花爆竹的硝烟伴着炊烟
在村子上空久久萦绕
儿时的年
是妈妈将红枣炮仗花布条
缝在花衣裳的艳丽
儿时的年
是饺子里包的一分钱
带给家人的希冀
儿时的年
是在火塔边
烤花馍的窃喜
儿时的年
是红窗花和年画
互相辉映的吉祥
儿时的年
也是妈妈在油灯下
翻新的衣裳
儿时的年
总是让人时时怀念

子夜，听落雪的声音

山村的子夜万籁俱寂
听不到鸡鸣狗叫的声音
不见了装腔做势的人们
在此刻
能听得见绣花针落地的声响
你若屏息凝神
用心去倾听落雪的声音
虽然雪花那样轻盈
那样小心翼翼
一定能听得到它落地的声音
也只有此时此刻
用一颗纯净的心才能听得到
这个纯洁的物种发出的声音
你听
它如一个远行的游子归来
来的那样匆忙

来的那样激动
紧紧地与大地母亲拥抱着
那声音没有碰撞的声响
只是相互拥抱的声响
也仿佛是讪讪的笑声
仿佛是激动的泪涌

碛口是个好地方

左手凤凰山
右手青龙山
龙凤呈吉祥
碛口好地方
东有湫水河
西有大黄河
两河交汇成大川
日夜奔流向远方
驼铃声声诉衷肠
店铺林立见沧桑
红军东渡播火种

晋商古镇记辉煌
碛口是个好地方
千年古渡美名扬

山上李家山
山下麒麟滩
遥遥来相望
奇妙好景观
民居依山建
层层似楼房
你家房顶我家院
窑洞建成大楼房
东西财主四合院
豪华气派入画舫
风水宝地李家山
塞北明珠好风光
碛口是个好地方
古镇美名天下扬

山里姑娘

山里姑娘真漂亮
两只眼睛水汪汪
一对酒窝伴笑脸
两条眉毛细又弯
哎
山里姑娘辫子长
溜溜的连在腿弯上
穿着一身红衣衫
好像一朵山丹丹
山里姑娘嗓音甜
声声如同银铃响
撒在那山谷
撒在那山梁
笑声一串串
笑声一串串

山里姑娘有力量

样样农活都能干
不怕风吹和雨打
又勤劳来又善良
哎
山里姑娘会放羊
羊鞭一甩上山岗
站在山顶把歌唱
歌声悠扬撒满坡
听得小伙心里痒
停下农活把她看
踮起脚尖尖
手搭凉篷看
越看越喜欢
越看越喜欢

茶与酒

酒生性刚烈
茶一惯清柔
酒味浓郁

茶味清香

酒越喝越湖涂

茶越喝越清醒

酒是年青人的冲动

茶是成年人的持重

酒是激情燃烧的岁月

茶是平平淡淡的人生

酒是一个轰轰烈烈的故事

而茶却是一部源远流长的历史

酒的性情豪迈

茶的胸怀博大

做事当有酒的热情

做人应有茶的清高

雪花吟

我是一片雪花

我来自天堂

经过一次艰难的旅途

拥抱大地是我最终的目的
不要以为我在翩翩起舞
其实我被风吹得跌跌撞撞
不要以为我很潇洒
其实我是在风中挣扎
一路上的艰难谁也不会知晓
只会把我狼狈的模样
当成一道靓丽的风景
因为从天到地的距离
没有人能够测出
也没有人能体会到
我孱弱的身躯
被西北风肆虐得感受
但是我始终把握住前行的方向
奔跑
奔跑
朝着大地
用尽所有力量奔跑

酒　乐

常邀三五好友
相聚欢喜问酒
半斤汾酒入胃肠
一张大口自由

拉扯时势潮流
议论乡人谁牛
不觉日头已斜移
酒至酣处上头

脸红声嘶脖粗
平日担心放手
此时方归真境地
人间再无忧愁

娶媳妇

嘟了哇
嘟了哇
嘟了哇呜哇
河水哗啦啦
喜鹊叫喳喳
新郎新娘结婚啦
不骑马,不坐轿
坐的名车是宝马
鼓手使劲来吹打
鞭炮响的叭叭叭
纸屑飞开满天花
油糕香味到百家
哎!农家小伙结婚啦

嘟了哇
嘟了哇

嘟了哇呜哇

公公笑哈哈

婆婆把糖撒

感谢亲朋到咱家

红灯笼，红对联

红毯铺满咱农家

满院红光胜晚霞

人人脸上笑开花

新娘改口叫爸妈

明年定生胖娃娃

哎！农家小伙结婚啦

秋 霜

只有在特殊的季节

才能看到你的踪迹

你无声无息

悄然而至

与秋风为伴

与清月牵手

寒冰是你的铁杆兄弟
雪花是你的痴情闺蜜
你将世界涂了一身的白色
你给万物带来死亡的信息
而我
面对头上的鬓霜
也原谅了岁月的疯狂

我是谁

春天的花开夏日的骄阳
秋天的凉风冬天的雪飞
时光转了一圈又复回
花开花落成花肥
烈日炎炎洒汗水
秋风将那浮云吹
冬雪封门人可归
一年一年
岁月轮回
光阴似箭再不归

伫立看雪飞
纷纷落尘埃
伸手去抚摸
俨然化为水
今日雪花化为水
不知明日我为谁
是雪还是水

国庆抒怀

欣逢盛世抒豪情
十亿人民颂党恩
张灯结彩齐欢庆
载歌载舞庆升平

国运昌盛如日升
暖了每个中国人
经济赶超第二名
军事力量举世惊

外交博弈显本领
彰显泱泱大国风
唇枪舌战火药浓
有理有据世扬名

轻舟虽晚已归门
途经欧洲为安平
华为中华心连心
渔水之情感动人

好了伤疤不忘疼
炎黄子孙当清醒
团结一致向前行
添加一抹中国红

唱不烦的《澎湖湾》

小时候
老师教会我一首歌
歌名叫《外婆的澎湖湾》

唱起它一股暖流就会涌上心间
带着这份甘甜
它伴我走过这么多年
偶然又在快手相见
听着它我好似又回到了童年
听着它我感到外婆还在身边
听着它我感到阳光沙滩的温暖
仿佛也看到了儿时的玩伴
听着它我好像看到了夕阳下的炊烟
我仿佛听到外婆在大榆树下
用手卷成喇叭的呼唤
啊
不知唱了多少年
这首歌依然深情满满
那份亲情依然温暖
那份乡情依然眷恋
《澎湖湾》
《澎湖湾》
成了我对亲人和故乡的思念
唱了多少年
唱了多少遍
依然就那么甘甜
永远唱不烦

乡 思

月亮弯弯

乡思点点

月亮圆圆

乡思绵绵

不管月缺月圆

都是游子的思念

我将乡思塞满了月亮的小船

也将乡愁装满了月亮的行囊

让小船载着行囊回乡

月儿弯弯

摇起了心的橹杆

月儿圆圆

扬起了思乡的风帆

乡思的时候看看月亮

和那柔和的月光遥遥相望

月亮的泪光和我的泪光

就融在了一起

一起在时空中流淌

于是故乡也不在了那边

我也不在了这边

编箩筐

太阳出来红艳艳

我和哥哥编箩筐

哥哥前头走

妹妹后面跟

花狗狗跑得欢

路边的野花香

割下的榆条长又长

哥哥他就编箩筐

你看那榆条有多筋

你看那哥哥多熟练

一圈又一圈

一圈一圈他编箩筐

编箩筐

小河流水向远方
我和哥哥情义长
哥哥人品好
妹妹模样俏
小曲曲哼出口
心事事全知道
哥哥他专心编箩筐
妹妹我旁边看哥哥
越看那哥哥越好看
印在了妹妹心坎上
一遍又一遍
一遍一遍看哥哥
看哥哥

七月里来到农家

七月里来到农家
篱笆墙满牵牛花
玉米棒子香又甜
豆角伸手随便抓

墙外吊的红南瓜
园里熟了大西瓜
串串葡萄架上挂
藤蔓使劲往上爬

七月里来到农家
碧水蓝天美如画
风吹谷苗起绿浪
土豆地里开白花

车车香菇往外拉
牛羊成群满山洼
青枣苹果枝头挂
富了张家富李家

街道干净树成荫
庭前屋后开满花
摆放有序多整洁
空气新鲜好氧吧

大爷开口笑哈哈

都说好事到农家
多亏党的好政策
有事可做有钱花

大娘盛情来挽留
又是饭来又是茶
玉米棒子调豆角
南瓜烩面杂蒙撒

吃罢饭菜再吃瓜
又沙又甜人人夸
如今遇上好政策
农民生活也不差

哎
七月里来到农家
村里好事听我拉
一桩一件说不完

故乡的老屋

故乡的老屋
依着一棵老树
这里是我儿时的乐土
伴我度过了多少个寒暑
啊！故乡的老屋
你是那么孤独
无论我身在何处
总会深情地向你回眸
总想在哪天踏上归途

故乡的老屋
住着我的父母
他们是那么孤独寂寞
谁来将他们的心灵安抚
啊！故乡的老屋
陪着我的父母
心里的很多苦楚

想向远方的儿女倾诉
倾诉你的无奈与孤独

美丽黑茶山

湫水河呀轻轻地流向远方
黑茶山呀高高地直耸云天
早晨的太阳照在了篱笆院
山村的上空弥漫着炊烟
山林里褐马鸡叫声不断
山坡上的山丹丹开的正艳
土豆花开出一层层白浪
莜麦苗在阳光下茁壮成长
啊
流不尽的湫河水
看不够的茶山景
这个美丽的地方
是我最难忘的地方

纪念馆呀讲述着革命故事

英雄们呀安息在烈士陵园
游客们站在水库的岸边
看那凤凰山展翅的模样
清清的湫水河源远流长
红色的黑茶山挺拔巍峨
黑茶山的儿女们意志坚强
遍布在祖国的四面八方
啊
喝不够的湫河水
说不尽的茶山美
这个多情的地方
是我最牵挂的地方

凝　望

今天
我凝望着那鲜红的党旗
凝望那镰刀和斧头
鲜红的党旗随风飞扬
似与日月争光辉

锋利的镰刀闪着寒光
欲将农民的激情展现
沉重的斧头铁骨铿锵
凝聚了工人的所有力量
它们的血液在沸腾
曾经砸碎旧世界的黑暗
迎来今天的辉煌
它们还要把中华民族的伟大复兴担当
党旗飘飘
凝结着所有共产党人的激情和力量
我深情地把党旗凝望
眼里装满了泪光
我的血液也似要喷薄而出
和镰刀斧头的血液融在一起
将党旗的颜色染得更红更艳

山乡春色美

风儿轻轻吹
太阳暖洋洋

山川披绿妆

泉水响叮当

鸟儿放声唱

野花格外香

云飘飘

天蓝蓝

山乡好春光

山乡好春光

蜜蜂采蜜忙

蝴蝶舞翩翩

牛羊肥又壮

牧童把歌放

小调曲婉转

声声入云天

情悠闲

心飞扬

山乡好春光

山乡好春光

月光吟

今夜的月光
照在了我的村庄
远处犬吠声声
河边蛙声一片
禾苗飘来了清香
挠扰着我的心房
我多想放声歌唱
唱一支最动听的歌

今夜的月光
照在了我的村庄
有一个美丽的姑娘
凝望着皎洁的月光
晚风轻轻吹过
她的长发飘扬
我多想陪着姑娘
陪她一直到天亮

庄户人家

走不出的大山耕不完的田
拉不完的磨啊推不完的碾
一天又一天
一年又一年
转了一个圈
又是一个圈
哎
一天又一天
一年又一年
刚转了一个圈
咋又是一个圈

走不完的山路绕不尽的弯
说不尽的苦啊道不尽的难
一辈又一辈
一代又一代
故事很心酸

还在往下传
哎
一辈又一辈
一代又一代
故事它很辛酸
它还在往下传

早春数友

春风
日日奔波渐渐暖
迎面吹来不觉寒
暖了山川与沟洼
暖来桃李露粉颜

春柳
三月春风巧梳妆
兴高采烈随风扬
一身绿装如碧玉
宫娥岂敢言谁强

春燕

阳春三月风光好

衔泥啄草垒新巢

檐下呢喃主人笑

梁上得意把首搔

牛

老牛生来力无穷

耕田拉车腿脚勤

不管平川与坡地

风吹日晒步不停

蛙

此物生来秉性懒

一觉睡了一冬天

醒来已是水波荡

咯呱咯呱叫破天

昨夜的雨

昨夜的雨
淅淅沥沥
洗涮着大地
捧走一冬的秽气

昨夜的雨
它丝丝缕缕
敲打着玻璃
勾起了我的思绪

它点点滴滴
落在地里
也落在我的心里

多想让这场春雨
冲走这世上的虚情假意
让人间多一些真情实意

我爱春天

我爱这美丽的春天
我爱这满眼的春光
我爱大山的伟岸
我爱小河的欢畅
我爱桃花的羞涩
我爱杏花的优雅
我爱梨花的气质
我爱槐花的清香
我爱杨柳的潇洒
我爱小草的顽强
我爱田野的博大
我爱泥土的芳香
我爱百灵的婉转
也爱燕子的呢喃
我爱天边的晚霞
也爱早晨的朝阳
我爱洁白的云朵

更爱明净的蓝天
看着这满眼春光
我的心也随之荡漾
那迎面的春风
正把前进的号角吹响

清　明

去年清明
今又清明
山上又添新坟

青烟纸灰泪满盈
肝肠寸断最伤心
往事历历在心中
音容笑貌油然生

伤心人
泪满巾
声声哀号路人听
老鸦也低吟

春居山村

枝头盛开桃花
河里浮起青蛙
田间农夫皆白发
掏起无数秸茬

村口老妪拉呱
街头老翁马扎
枝头又见了鹊鸦
犹自叫声喳喳

白天一脸风沙
夜里不知想啥
儿女外出去拼打
寂寞老人守家

小河蛙声呱呱
远处犬吠为啥

无数庭院空巢家
再无当年繁华

又到三月三

又是一年三月三
春风舞青天
不知当年少年郎
今夕在何方

扶案长叹时光短
回首忆当年
摸河鱼,荡秋千
冬子捉汉山

抓鸡拔毛做成毽
快来约伙伴
转陀螺,滚铁环
真是乐翻天

每日稀饭山药蛋
身体也强健
捉蛐蛐，掏鸟蛋
浑身是臭汗

如今又逢三月三
春风挠心田
皱纹深深脸苍桑
白发似染霜

阅尽人间戏子脸
也经无数坎
昔日初心未实现
还需再向前

麦场 碌碡 麻雀 老榆树

曾经的夏秋
庄稼收满麦场
碌碡迈出缓慢的步子

用吱吱呀呀的声音
唱出它心中的欢歌
场边的大榆树一脸皱纹
不知道它年龄多大
只是经年累月地
孤独地站在场边
陪伴它的也只有
那些俏皮的麻雀
打场的人们累了渴了
就坐在老榆树下
抽一袋烟喝一碗水
看着场里的庄稼
盘算着当年的收成
那机灵的麻雀像个小偷一样
趁人们不注意飞到场里
啄几颗麦粒匆匆吞下肚里
待人们站起身赶它时
它又嗖地飞到榆树上
每到傍晚快要回窝的时候
这些小精灵
又落满大榆树
叽叽喳喳吵个不停
好似队里头的社员会

讨论得非常激烈
只有在风吹起的时候
大榆树的枝叶随风悠扬地摆动
和着碌碡吱吱呀呀的歌声
伴着麻雀叽叽喳喳的吵闹声
人们才会觉的
这是一幅很美很美的画面

如今的麦场
不再那么辉煌
没有麦子堆放
荒草在那里疯长
麦场上的人也不知去了何方
石碌碡不再兴奋地歌唱
垂头丧气地靠在麦场边上
老榆树孤独地站在场边
老胳膊老腿显得无比沧桑
麻雀偶尔也来老榆树上观望
叽叽喳喳的叫声里
声声是那么凄凉

麦场碌碡
麻雀老榆树

你看看我
我看看你
发出一声声无奈的叹息
不知何时再能够融在一起

火红中国年

红灯笼摇起红红的光
红窗花扮出靓丽的妆
红对联贴出满满吉祥
红篝火点燃美好希望
啊！中国年，中国年
火红的中国年
咱老百姓的好日子
一年赛一年

小巷里飘来年饭的香
窗户内的笑声在飞扬
春晚的节目多彩多样
拜年的话是平安健康

啊！中国年,中国年
火红的中国年
中华民族的复兴梦
一定不遥远

那条麻花辫

你那麻花辫
又黑又发亮
一晃又一晃
拨动我的心弦
懵懂的少年
把羞涩藏在了心田
麻花辫呀麻花辫
编织着多少美好梦想
麻花辫呀麻花辫
深深地烙在我的心上

过了多少年
更换了容颜

清纯的少女
你那根麻花辫
是深深的思念
依然这样甘甜
麻花辫呀麻花辫
晃走了我们的青春时光
麻花辫呀麻花辫
永远醉在我的心间

立 春

悄然而至
却让人倍感欢欣
虽山披银甲河戴冰盔
然你已将信息传来
穿着棉衣的人们
已嗅到了你的气息
心中一阵阵的窃喜
时时刻刻准备迎接你的到来
商贩的吆喝声喊出一片暖阳

大街小巷飘起的年味里夹杂着你的芳香
喔
也许雪地下的小草正在舒着懒腰
睁开了惺忪的眼睛
或许那些小燕子
也正走在返程的路上

黄河在这里拐了个弯

黄河在这里拐了个弯
停下了脚步回头望
奔跑的河水挤出了浪
浪花它也想跳上岸
看看山上的光伏电
看看沟里的互联网
还想看美丽乡村什么样
还想看黄河人家奔小康
哎
它还想看看黄河人家奔小康

黄河在这里拐了个弯

河岸上一派新气象

放慢脚步往岸上看

看一看岸上的好风光

看那牛羊进了养殖场

看那蜜蜂飞舞枣花香

蔬菜棚一个一个紧相连

看那男女老少笑开了颜

哎

它看到男女老少笑开了颜

又见雪花飞

今日雪花飞

翩翩舞起来

舒衣挥袖有风采

好似仙子来

山川笑颜开

相拥暖心怀

好似久别又重逢

不负约定终又回

今日雪花飞
红梅迎雪开
不畏严寒绽花蕊
只为报春晖
任凭北风吹
任凭寒气来
只盼春来燕双飞
春色满园醉心扉

五月槐花美

五月槐花开
浑身一片白
香味诱人醉心扉
槐花林里景最美
啊
槐花丛中蜜蜂飞
相约槐花成双归

树叶遮羞入帐帷
此情醉了谁
此情醉了谁

五月槐花开
香飘十里外
婀娜多姿分外美
好似仙女天上来
啊
槐花林里看花海
洁白如玉不忍摘
闭目嗅香心已醉
久久不思归
久久不思归

雪花是梅花的情侣

苦苦煎熬了春夏秋的日子
在冬的季节里
它们终于如愿以尝得以相会
远远地就凝视着对方

内心是那样激动

它们紧紧相拥

那么缠绵那么热烈

不顾这世界有多冷漠

不管天地有多寒冷

也不顾及有人看见不再害羞

好像忘记了别人的存在

梅花那血红的唇

吻红了雪花的脸

雪花那柔软的手臂抱紧了梅花

此时此刻

世界属于它们

时空都停下了匆忙的脚步

所有能出声的物件

都屏住了呼吸

都在驻足观望这一幕清纯的恋情

我爱家乡的谷子地

我爱家乡的谷子地

你是我放不下的惦记
春天里谷苗嫩绿
随风摆动充满生气
夏天里谷苗茁壮无比
绿油油的一片波浪随风涌起
啊
家乡的谷子地
你给了我顽强的生命之力

我爱家乡的谷子地
谷子地有我浓浓的回忆
秋天里金黄的谷穗
争先恐后地一脸甜蜜
冬天里碾出的小米
驱寒解饥让我难舍难弃
啊
家乡的谷子地

农夫自嘲

春来勤耕在田间

一身臭汗心不烦
本是乡野一农汉
已成画中逍遥仙

夏来锄禾人更忙
小草和人抢风光
起早贪黑埋头干
难将茅草清理完

秋来抢收心里慌
唯恐风霜来添烦
各种庄稼都入场
方可安心放肚肠

冬至天寒农事闲
柴火入灶窑洞暖
午来再吃山药蛋
小酒入肠红了脸

乡愁——过年

站在一年的路口
转身又要走进一年的村口
我们携着阳光雨露
邀着雨雪风霜一起走
从年头走到年尾
从年尾走到年头
遥望那远方的村口
怀里揣着是滚烫的乡愁
年来了
游子们也要归乡了
虽然刚有了回家的念头
已看到父亲那冒着烟圈的烟斗
虽还没走到村口
已闻到了母亲飘香的黄酒
二大爷长满硬茧的双手
三大娘说起话来的喋喋不休

邻居嫂子的轻声问候
还有撒欢的小花狗
携着阵阵乡愁
涌上我的心头

记忆中的娶媳妇

新媳妇穿的大花袄
大红的头巾头上罩
骑的个毛驴山路上跑
山梁梁上走来弯路路上绕

一阵慢来一阵急
阳婆落山才到家
驰家迎来主家接
迎亲的唢呐吹的急

大街小巷响鞭炮
左邻右舍来看热闹
墙头上看来垴畔上眊

小孩们爬到树上瞧

要饭的早就准备好
红头绳拴的五毛毛
用尽气力嗓音高
把吉利的话来说一套

乐的个主家满脸笑
赶紧把纸烟往垴畔冒
喜糖提来一大包
朝东撒来朝西抛

怀念周总理

少年就为国担忧
国家兴亡挂心头
为了国家四处走
引经据典讲分由

不与老蒋同谋筹

聚集豪杰展身手
南昌城里一声吼
今生立志跟党走

井冈会师两巨头
强强联手楼上楼
誓救民众出火坑
红色政权如北斗

运筹帷幄竞风流
一心抗日壮志酬
缺衣少吃不动摇
枪林弹雨不言愁

几经风雨几经愁
终将正义筑红楼
宽厚睿智推领袖
俯首甘做孺子牛

两袖清风古稀有
尽心尽职不回头
鞠躬尽瘁魂悠悠
至死不忘为国忧

死后不葬风水地

愿做肥料作报酬

撒播骨灰怕费油

还为费用在担忧

农家乐——大雪

大雪未见雪

地上冰成铁

白天光影斜

晚上夜更长

无事呆居舍

家务多做些

午时把酒烫

饭后醉卧床

窗户透暖阳

土炕暖洋洋
室内无噪声
唯有鼾声扬

醒时日已西
起身把衣披
出门解尿急
回屋坐茶几

老婆把茶沏
头发白且稀
多年互相依
好处记心里

回顾三十年
相濡共患难
前生多坎坷
余生福同享

村口的老榆树

它已习惯了
春天绿了
秋天落了的轮回
它也习惯了
村上的人
正月里出门
腊月里归的规律
在这悄无声息的岁月里
不知不觉中
身上的皮厚了
枝上的叶稀了
挺拔的腰身也弯了

也许正如儿女们
不懂父母一样
村上的人谁也不懂它的世界

也不管它的年龄有多大
总以为它就是那么枝繁叶茂
那么健壮
谁也不知它内心的无奈与期盼
偶尔有人在哀叹自己的时候
才会想到它也有些年岁了

秋

冷风吹
黄叶飞
夜眠拉帐帷

浮云追
南雁归
伤心处是谁

有人醉
有人悴
多少无奈伤心泪

红叶题诗寄思情

霜花落地已觉冷

有人收获喜丰收

有人伤心把心揪

天渐冷

秋已深

喜忧在心中

酒泉之想

没去过酒泉

总也能想到荒辽的戈壁滩

想到那坚强的胡杨

想到绵延的天山

那遮着面纱的维族姑娘

还有那风沙的呼喊

我隐隐地感到

戈壁滩曾经的辉煌
也许它正是消失的楼兰
胡杨树的缠绵
莫非是对当年的不舍

我似乎听到了驼铃那么悠长
似乎看到了丝绸之路上的繁忙
那赶骆驼的壮汉
好像还穿着古式的服装
在驼道上边走边歌

我仿佛听到了琵琶声声
仿佛看到昭君出塞的模样
也许维族少女遮着面纱的习惯
就是那时候流传到今天

秋 风

轻轻的
轻轻的

你来了

没有一丝狂傲

没有一点强势

柔柔的如一个少女

翩翩而来清新夺目

轻轻的

轻轻的

唯恐吹折鸣蝉的薄翼

唯恐吹散一地菊香

轻轻的

轻轻的

唯恐惊飞树上的麻雀

唯恐惊落不安的秋叶

轻轻的

轻轻的

擦拭着秋天的画框

吸吮着秋天的果香

轻轻的

轻轻的

唯恐掀起秋天的盛妆

唯恐惊醒一帘秋梦

轻轻的

唯恐拂乱我的头发

唯恐扰乱我的心扉
就那样轻轻的
带着一点凉爽
带着一片温馨
过来了
过来了

乡村爱情

夕阳西下
天边起晚霞
回眸望农家
墙攀牵牛花
喜鹊叫喳喳
玩童笑哈哈
最急圈内羊娃娃
声声唤妈妈

姑娘脸上笑开花
痴痴望着放羊娃

嘴上不说话
脸上羞答答
心里把他夸
此生跟定他
请求邻居大妈
给咱把桥搭

茶山风光无限好

都说茶山风光好
林密山又高
千年松柏永不老
云雾山间绕
野猪麋鹿邀山狍
林间到处跑
湫河流水声滔滔
好似玉带飘
哎
茶山风光无限好
茶山风光无限好

都说茶山风光好

人民更勤劳

山菇猪苓和甘草

荷锄山中刨

莜麦地里起绿潮

随风荡波涛

土豆开花层层高

喜悦上眉梢

哎

茶山风光无限好

茶山风光无限好

故乡那片云

翻过了山

走过了沟

山山沟沟把你留

亲也亲不够

爱也爱不够

恋恋不舍情悠悠
亲也亲不够
爱也爱不够
乡情乡恋总在你心头

摸过那草
抱过那柳
一草一木情多柔
临行握握手
举步又回头
难舍难分难开口
临行握握手
举步又回头
父老乡亲挂在你心头

枣儿红了

枣儿红了
枣农的脸也红了
枣儿笑了

枣农也笑了

笑声中带着几分欣喜

也带着几分沧桑

笑声撒到山野

撒落沟壑

落在田间地头

落在窗前屋后

撒到黄河里

那顽皮的黄河鲤鱼

闻声跃出河面

看一眼枣园的盛况

共享那丰收的喜悦

秋风轻轻地抚摸着

枣儿娇嫩的脸

将枣儿的脸擦得亮亮晶晶

枣儿如十八九的大姑娘

把脸儿涨得通红

再也不用在树叶中

遮遮隐隐

羞羞答答

一个个攀上枝头

随风摇曳

好像在展示自己的风骚
也像在向世人诉说
一路走来的坎坎坷坷

七 夕

星儿少
月儿皎
隔河相望在云霄
喜鹊鸟
心意好
舍身架起情人桥

韩湘兴起吹玉箫
嫦娥犹自叹寂寥
都说天上神仙好
哪比凡人乐逍遥

破　茧

也曾有过白嫩的身体
也曾有过安逸的生活
也曾享受过父母深情的溺爱
可是
老天爷出了一道一道的难题
用千丝万缕的丝线织成的茧
牢牢地将那娇小的躯体锁住
蛹没有去咽咽啼哭
没有去抱怨命运
它没日没夜地嘶咬
用坚强的意志
超人的勤奋
丝线伴着汗水一根一根断开
一天一天
终于在某一天破茧而出
此时的蛹已不是原来

肥硕的肉身
它已身强力壮羽翼丰满
它可以走遍天涯海角
它可以感受阳光雨露
可以拥抱美好的生活

乡 恋

素怀乡土情
再往茶山行
山泉声声笑
土屋俯首迎

松柏前后邻
青山左右拥
小村景色妙
翁妪话乡音

残墙伴松门

篱笆仍从容

黄狗声声叫

门开见主人

石阶生苔痕

小园菜色青

一株分外俏

竟是牡丹红

步履遍全村

愁云渐上心

哑巴声声叫

辞别暮色中

雨夜宿茶山

本是茶山人

素来有乡情

留宿卫播站

已非梦中景

琼浆不醉人
佳肴入肚中
窗外涌雾云
我自以为神

恍若入仙境
漫步在天庭
悠然又醉吟
伸手摘星辰

想约孙悟空
与我作友朋
不做弼马温
只为自由人

移步去月宫
窥探嫦娥影
牵手诉衷情
夜夜月可明

俯视山下村
云雾伴烟尘
善恶均看清
因我在天庭

借胆问仙人
可否有公平
众仙笑不语
我已知其音

胸中既洞开
我心已放平
作别太白星
朦胧入梦中

山里风情

趁着酒兴踏进梦里
蹬着山风再来看你
你忙碌的身影还在土豆地里

额头上的汗水还在滴落
无情的岁月把皱纹刻在你的脸上
也把坎坷刻进你的心里

你全部的爱已给了那孔窑洞
那里装满了你所有的历程
你把痴情撒满了庄稼地
高粱大豆玉米都记着你的汗水
打开封存的记忆去追寻你
你依然是那个娇羞的少女
乌黑的麻花辫晃走了春夏秋冬
粉红的衬衫摇落了少女的花季
岁月无情人有情啊
失之交臂的缘分
就像身边刮过的春风
醉了
美了
却留不住

父爱母爱

父爱像一座大山

高大而且厚重

母爱像一汪山泉

总是那样涓涓细流

父爱是田野里的庄稼

总是不声不响地偷偷长高

母爱似一碗热粥

温暖而舒心

父爱是大海

外面经历惊涛骇浪

内部却是风平浪静

母爱是一阵春风

总会尽量让儿女舒心

父爱总像山药蛋

深深地埋在土壤里

母爱总像那秋天里的谷穗

在秋风里不停地晃动

父爱是一碗老黄酒

又烈又纯

母爱是一棵红枣树

将浓浓真情付诸每颗枣儿

父爱在父亲的掌心里

我在远方

他在家乡

我总被父亲攥在手心里

母爱在每一次问候里

虽然有些唠叨却很温暖

父亲母亲啊

其实是一样的爱

总是想着儿女忘了自己

再赞家乡蔡家崖

清清蔚汾河

巍巍黑茶山

山下蔡家崖

是个好地方
抗战小延安
支前保家乡
革命的摇篮
美名到处扬
哎……
革命的摇篮
美名到处扬

生在黄河畔
耕作在枣园
红色蔡家崖
美丽我家乡
产业大发展
水清天更蓝
美丽的家乡
让人心飞扬
哎……
美丽的家乡
让人心飞扬

父亲节随想

我把父亲写进诗行
写出他的慈祥
写出他的坚强
写出他的善良

我从父亲手里接过担当
懂得了这份重量
懂得了这份责任
懂得了父亲为什么总是默默无语
还总是那么匆忙

父亲已经白发苍苍
走路已是步履蹒跚
昏浊的眼光
驼了的腰杆

也许再过二十年
我会成了父亲的模样
父亲的影子和我贴在一起
再后来
我和父亲都被贴在墙上

狠心的哥哥何时回

窜沟的春风呼噜噜地吹
妹妹的心里想着个谁
打工的哥哥实在是灰
丢下个小妹妹流泪泪
狠心的哥哥你何时归
哎
狠心的哥哥你何时归

天上的大雁扑愣愣地飞
妹妹我好想去把哥哥追
崖畔上又见桃花花开

河槽里冰块块流水水
狠心的哥哥你何时归
哎
狠心的哥哥你何时归

走进这果园

走进这果园
这里春光无限
钙果花开正香
蜜蜂往返奔忙
梨树也枝叶飞扬
正在茁状地成长
这里景色这么壮观
到处都充满了希望

走进这果园
春风吹在脸上
村民田间穿梭
脸上喜气洋洋

这里的产业兴旺

人们正奔向小康

心情是多么的激昂

多么想纵情地歌唱

致母亲

妈妈

虽然你的头上添了白发

你却是儿女心中最美的花

虽说儿女们远走天涯

可总会记着你的话

知道你常把我们牵挂

等待我们回家

亲爱的妈妈

我那老妈妈

你的眼睛已经昏花

可你仍然能看见千里之外的娃

无论我们行走在哪

总能感到你在看着你的娃

亲爱的妈妈

我那老妈妈

请你放心吧

你的孩子已经长大啦

孤独的守候者

门前的那棵老榆树

被寒风吹落了所有的叶子

只留下一些孤独的枝桠

在风里瑟瑟发抖

满是裂缝的老屋

发出无声的叹息

为它即将结束的生命

为世间这岁月苍桑

老屋里只留下一个守候者

而这个守候者

也只有一个陪伴者

老屋　阿婆　阿黄

每日里只有他们相伴相依

相敬相爱

他们的这份情义

只有那道篱笆墙知道

不

还有白天的太阳

和晚上的月亮

他们能看到

阿婆伫立在篱笆墙外

用浑浊的眼光

痴痴望着山路那头的模样

酒泉不是酒乡

酒泉

不是酒乡

它是航天人的故乡

他们在这里耕耘

他们在这里流汗

让青春在这里飞扬

让梦想在这里起航

他们是沙漠里的一棵棵胡杨

在这极度艰难的环境里

挺起坚实的胸膛

为人民扛起了重担

为共和国挺直了脊梁

他们是那沁人心肺的丁香

最美的是那身绿军装

最帅的是那坚毅的脸庞

他们用泪水和汗水

凝成了航天业的坚强屏障

逝去的时光

变了的容颜

依然和航天事业一样

放射出耀眼的光芒

祖国母亲

黄河里的浪涛

黄山上的松

长江里的渔船

长城上的砖

思你念你在心中

祖国啊

不离不弃的是这颗中国心

挥也挥不去

赶也赶不走

依恋你的就是这份赤子情

五指山的椰林

五夷山的茶

兴安岭的积雪

新疆的瓜

东南西北是一家

祖国啊

你是慈祥的老母亲

白天想着你

夜里梦着你

想念你的就是这颗火热心

余光中就在乡愁里

小时候的乡思
是在李白的《静夜思》里
长大后
余光中走进乡愁里
把所有的思念
所有的幽怨
全都占据
如今,他走了
留下那些勾人魂魄的文字
钻进每个游子的心房
在那里顽皮地蹦跳
拨动每一根心弦
挠伤每一人的感情
让乡思在血液里流淌
让乡恋在神经里跳跃
让乡愁在记忆里涌动

北国春色也醉人

春风推着柳丝荡起秋千
暖阳催着桃李赶快开放
春燕儿低吟浅唱
倾吐着久别的思念
小河水涓涓流淌
欢快地奔向远方
哎
诱人的春色让心儿飞扬
怎能够不去观赏

花丛掩映着美丽的姑娘
露出一张如花的脸庞
闭着眼睛嗅着花香
好像在思念她的情郎
害羞的小草不再躲藏
招手呼唤身边的牛羊

哎

勤快的蜜蜂来去匆忙

就怕错过这大好时光

桃花吟

桃花蕊

迎风开

好似美人脸色绯

花色美

花香醉

婀娜多姿沁心扉

桃花美

桃花醉

总忧桃花随风碎

花枝颤

花叶飞

万千恩爱化红泪

多少君子为你醉

弃江山

舍富贵

只因不忍桃花碎

春来了

春天悄然而来

没说一句话

却足以让我感动

它放下所有的矜持

把一脸的春色倾泻出来

春雨涌出激动的眼泪

在眼眶里转着转着

就滑落下来

春风伸出纤长的手臂

轻轻地抚摸着万物

那么轻柔那么舒畅

春阳露出满脸的欣喜

把灼热的嘴唇吻了过来
让人心里升腾起一阵暖意
泛起一脸灿烂
叽叽喳喳的鸟声
是春天回家后的问候
它们的话是那么多
那样不厌其烦
好像久别重逢的人
那样着急地
要把离别后的所有思念
尽情倾诉
满山的桃杏花
是春天带来的礼物
那样姹紫嫣红
那样赏心悦目
让人心旷神怡

春 天

二〇二〇年的春天

来的有些迟缓

不知是受疫情的影响

还是有其他恼烦

憋了这么久

春天那颗蠢蠢欲动的心

终于按捺不住寂廖

一头闯进了原野山川

春风把柳梢擦洗得新新鲜鲜

泛起一树的鹅黄

那触动人心的桃花

不再是遮遮隐隐

羞羞答答

肆无忌惮地张开娇柔的身躯

将粉红的小脸全部露了出来

啊！真是太美了

太娇艳了

无论谁看到都会为之一动

屋檐下的燕子叽叽地轻声低语

商量着一年的生计

甜蜜的样子让人妒忌

睡了一冬的青蛙也跳到河里

欢快地叫着

田埂上土路上

那些不甘寂寞的小草
也偷偷地露出了头
它们像那些援助武汉的医生
那样匆忙
它们像解禁的人们
那么欣喜
把憋了很久的郁闷全部扔掉
来的这么焦急
来的这么迫切
今年的春天来的是有些迟缓
可今年的春色比往年更加美丽

茶山风光

黑茶山挺拨巍峨
山风吹动阵阵松波
草色青青百花更香
山青水秀迷人风光
快来看
野猪出没灌木松林

褐鸡深藏只闻其鸣
蘑菇木耳遍布林荫
野果散香随处可寻
好一幅如诗如画的美丽风景

山下那美丽的村庄
是生我养我的地方
风吹麦浪泛起金光
庄户人心里装满了希望
随处看
谷子金黄高粱正红
土豆个大莜麦打捆
男人女人汗水滚滚
三轮四轮行色匆匆
今年又是一个丰收的好年景

谁不夸我寨滩好

风吹枣林起波涛
枣花招来万人潮

欲问村居何处好
哎呀呀
寨滩村里乡味高

背靠青山一道峁
门迎黄河村前绕
塘前鹅鸭把姿弄
哎呀呀
农居隐隐炊烟袅

小径两旁皆花草
枝头鸟雀也来吵
人杰地灵志远高
哎呀呀
谁不夸我寨滩好

枣 花

枣花
不起眼的枣花

用那娇小的身躯
开出淡黄的颜色

牡丹国色天香
梅兰高雅入堂
桃杏占尽春光
你却未去争强

只是
悄然地
倾尽一身之力
将枣儿结成了蜜甜

欢快的枣花节

多情的云彩遮住了火辣的太阳
热情的黄河激起欢欣的浪花
欢快的舞曲伴着水兵的步伐
油馒炉散发出诱人的香味
金黄的油糕和飘香的帽汤

迫使人放下文雅的外壳
尽情地享受这一地方名吃
枣树下有人荡起了秋千
那晃晃悠悠的悠闲样
和掩映在枣林深处的小村庄
描绘出一幅完美至极的山水画
此情此景
让我不由得想唱上一首
在那枣花盛开的地方

野 马

你从辽阔的天际奔腾而来
鬃毛飘逸
神采飞扬
踏过平原
踏过溪流
不要缰绳
不要络脑
不需雕鞍

只求自由自在
与这天地
与这光华
融为一体
共享大自然的美丽

留守儿童的呼声

看着墙上的画
好像见到了爸和妈
让爸牵左手
让妈牵右手
让他们拉住他们的娃

离家时说过的话
爸妈好像忘了吧
我在每天期盼
你们的电话

爷爷的那个老年手机

使我感到无比的亲切
每次你们的来电
我总想放声哭泣

不知你们的打工路
何时才算有期
幻想着冬天早来
回家过春节
只有那时候
我们才会聚在一起
让心灵不再空虚

相爱的人儿永不老

风儿轻轻摇
摇动杨柳梢
蓝天映碧草
春色无限好
啊
满园春色人面姣

牵手伊人兴致高

但愿春光无限好

相爱的人儿永不老

春的脚步

太阳将自己满腔的热情洒向大地

积雪在阳光的爱抚中慢慢消融

屋檐下嘀嘀嗒嗒的水滴

让人忘记了时令还在冬季

仿佛已经进入初春的季节

大街小巷升起的年饭味

瞬间让贫穷的山村变得富有

回家过年的人驱走了一冬的萧条

车多了

人多了

死寂的山村又活了

涌动着心底的不安

将红彤彤的对朕

缀满整个村庄

激起一阵又一阵的喜悦

那火红的大红灯笼

随着风儿嘟隆隆地转动着

看那激动的情形

好像是要赶着去清明荡秋千

哦

冬要去了

年来了

春天的脚步就要跨过来了

你看

小猫小狗

山川树木

地面上的大人小孩

都是那么兴冲冲的

都是那样的春心荡漾

都是那样迫不及待

冬日寻春

雪花飞舞形同梨花纷纷

北风扑面寒意顿生

我在这冬日里寻春

我在冬夜里听春

我摸摸身边吹过的寒风

在寒风里揣摸春风的体温

我听听夕阳下山的叹声

体会春阳的脚步还有多远的路程

哦

我已在冬的季节里

感到春的涌动

在白天长了的一点点中

听到春的脚步声

悄悄地越来越近

踢毽子的姑娘

枣儿红的棉袄穿在身

绿裤子是妈妈亲手缝

红条绒的鞋面格外红

脖子上还围着那心爱的绿围巾

乌溜溜的大眼睛

明亮而有神

跟着毽子在上下翻腾

姑娘她是那么专心

毽子如一只蝴蝶翩翩飞舞

姑娘如一个杂技演员全神贯注

侧踢

后拐

飞起脚的时候

那条麻花辫也肆意地来回悠荡

随着姑娘的动作

毽子和辫子也有了生命

毽子在跳舞

辫子在悠荡

毽子　辫子　姑娘

在姑娘银铃般的笑声里

共舞在雪后的山村

雪花吟

害羞的雪花
昨天早晨的雪
似乎有点害羞
她偷偷摸摸
零零星星地悄然而来
东看看西望望
趁那些原野山川树木飞鸟
不注意的瞬间
俯下身与大地亲吻了一下
然后又匆匆地藏匿在那炊烟里
将那份恋情那份甜蜜
藏在心里
静静地等待下一次的相遇

望江楼有感

望江楼

望江楼

望江楼上望江流

江流依旧清悠悠

江楼俨然成空楼

独立楼上思武侯

孤读山中居茅庐

幽居深知天下事

终将绝学付蜀主

下东吴,劝吴侯

舌战群儒出风头

巧借东风解忧愁

赤壁江里哀声吼

孟德怀恨在心头

屡剿屡败屡添仇

博望坡上仓慌走

华容道上曾蒙羞
空城一座三人守
一人抚琴坐城头
一曲未尽司马走
心力憔悴白了头
皇叔托孤在床头
忠心耿耿扶阿斗
五丈原下一命休
一世英名万古流

月亮的鼾声

又到和月亮见面的时刻
星星密密麻麻地挤满了天
唯独不见了
那矜持的月亮
今夜没有月亮
心里有多失望
问问满天星光

月亮去了哪里

星星一闪一闪

张开小小的嘴巴

它告诉我月亮不来的情由

原来月亮也累了

累得它躺在赴约的路上

而且早已进入了梦乡

我把耳朵贴在地上

听月亮在山的那边

发出的鼾声

在这寂静的夜里

我听到月亮的鼾声

那么沉重那么悠扬

当然

只有我和像我一样的人

才能听得见

月亮的鼾声

乡下的磨盘

乡下的磨盘
静静地躺在墙角
它有气无力地
喘着最后一口气
连呻吟的力气都没有了
只剩下一副躯壳
浑身写满了岁月的苍桑
在即将逝去的弥留之际
它显得那么安静
哦,是无奈的安静
太阳每天会照常升落
而磨盘正慢慢死去
且一去不回
在生命却将失去的时刻
磨盘突然回光返照
想起从前

想起当年

年轻真好啊

精神饱满精力旺盛

每天不停地奔跑

还会唱起那欢快的歌声

那时的磨盘

只能吃些玉米高粱

正儿八经的五谷杂粮

但磨盘却很开心很健康

创造出自己感到无悔的辉煌

想着这些

磨盘灰暗的脸上露出了笑容

它就带着最后的笑容

闭上了浑浊的眼睛

第三辑

顺口溜

晋绥情·我的名字叫来兵

我的名字叫来兵
家住东会段家湾村
我和常人不相同
父母共有四个人

生父生母都是兵
跟的部队是八路军
因为战事十分紧
父母把我托乡亲

养父养母本地人
本分老实是农民
支前拥军有热心
抚养重担扛在身

擦屎擦尿费苦心
视我如同自己生
三个奶母炕头轮

好吃好喝为孩童

因我父母是军人
取名就叫冯来兵
街坊邻居也热心
帮助我家度光景

父母对我情义深
躲敌把我抱怀中
又累又饿又担心
不嫌不怨爱满心

含辛茹苦育来兵
拥军路上急先锋
晋绥情怀毕现尽
为疼来兵已不生

全国解放战火停
毛主席登上天安门
至此终能享太平
唯我父母无音讯

不知是官还是兵
不知是死还是生

不知在南还在北
不知在西还在东

一封书信到山村
养父撕开看内容
原是生父来了信
询问骨肉是死生

生父生母叙思情
夜不能寐思亲人
养父见信说真情
真实身份告来兵

催着我去沈阳城
见见我的一家人
不怕来兵不回村
要让落叶去归根

一路辗转至沈城
父母接我到家门
姊妹兄弟都热情
围着来兵话不停

父母疼来弟妹亲

一家人家乐融融
新衣给我换上身
好比过年很开心

沈阳一住四十天
大街小巷都串遍
生父和我来商量
要我回村孝爹娘

生父语重又心长
说得我也心发慌
赶紧辞别亲爹娘
起程回到段家湾

养父劝我回沈阳
我说就要在山乡
养育之恩不能忘
定要尽孝在膝前

至此扎根段家湾
一段佳话传四方
吕梁精神美名扬
红色血脉世代传

夸兴县

兴县的水绿山也青
好山好水好民风
土产特产很出名
听我给咱说几声

圪达上的人来很真诚
实实在在好名声
人人做事讲信用
憨厚老实不哄人

布袋袋藏的是金锭锭
土壤肥沃庄稼丰
红枣来是甜津津
油糕粉汤香死人

蔡家会人文化看得重
崇文学技有美名
当年艺人油漆工
如今都是大富翁

豆面那抿尖长又筋
吃上一碗很舒心
小米金黄亮晶晶
熬下一锅香喷喷

赵家坪的天然气通北京
建设国家立新功
资源丰富取不尽
能帮咱们换现金

豆面来又白又是筋
黄米来是赛黄金
汤泡捞饭很喜人
乡情乡味在其中

孟家坪的杂粮最出名
飞机拉上出远门
中国好粮兴县寻
兴县杂粮就数孟家坪

荞麦它长的个三棱棱
去了皮皮白仁仁
绿豆浑身绿莹莹

豇豆碗豆惹亲亲

康宁镇这地方好交通
高速低速都便行
农业园区新建成
蔬菜长的绿莹莹

麻子塔的水来清粼粼
红月的米来亮晶晶
清泉陈醋传美名
销路打通晋陕蒙

固贤人的贤良已成风
世世代代出贤人
孙嘉淦,孙良臣
为官清正留美名

南窑矿的煤来贵如金
硫低价高不凡同
如今香菇也出名
带动乡民把利盈

东会的土豆圆溜溜
眼眼不深光溜溜

吃上一口沙敦敦
要吃土豆这里寻

山珍和野味遍山林
一不小心踩猪苓
最贵还数羊肚菌
一斤就卖一千银

罗峪口人杰地又灵
出了不少知名人
昊旻山香火很火红
黄河鲤鱼味不同

枣树林一村连一村
枣花蜂蜜营养品
滩枣个大色又红
吃醉不少馋嘴人

魏家滩的炖羊肉味不同
远远闻见就动心
如果你还不相信
你就跟我走一程

斜沟的煤矿高效能

煤电双产效益增
人说煤碳是乌金
煤面面和咱实在亲

瓦塘镇的铝厂扎老营
日夜生产忙不停
运输车辆跑得紧
拉上铝品往外行

铝锭它好比元宝锭
铝粉赛过雪花银
薰枣酒枣味香醇
请客送礼都能行

高家村的西瓜很出名
又沙又甜瓤子红
吃在嘴里甜到心
打凉下火凉津津

豆角角长的没有筋
萝卜来是脆生生
红薯色红甜到心
白菜个大没有筋

蔡家崖的名字天下闻
一二〇师驻咱村
支前拥军立过功
红色血脉在传承

元宝梁的杏树根连根
优良品种不凡同
五月杏儿馋死人
个大色黄甜津津

蔚汾镇的楼房数不清
从东到西成了林
森源华府阳光城
峁儿上那边叫东城

啦叨叨香来碗秃秃亲
蛤蟆含蛋在早晨
美食遍街味吸人
最数羊杂寄乡情

奥家湾历来就负盛名
工矿企业在前行
煤铝转身变白银
水泥厂名字叫金龙

新时代又有新征程
农业园区将建成
卧牛山上酒香醇
红土地醉倒吕洞宾

交楼申历来不凡同
仙人洞故事很传神
大理石头变黄金
马牙石价格胜白银

山药蛋来是也出名
红芸豆来色泽红
莜面栲栳圪筒筒
蘸上羊肉香死人

兴县的美食兴县的人
兴县的未来更火红
携手共进向前行
振兴路上再立功

请你做客来固贤

三月桃杏开了花
缀满山坡和阳洼
农家种豆又埯瓜
起早贪黑忙不暇

六月锄糜打木瓜
调皮小子爬高崖
手拿木棍轻敲打
木瓜应声滚坡下

九月里来收庄稼
割谷挽豆刨地瓜
三轮来回跑得快
丰收庄稼拉回家

十冬腊月闲不下
茶余饭后去玩耍
男人下棋把牌打

女人跳舞笑哈哈

春赏山花夏木瓜
秋享丰收冬有茶
田野书院成奇葩
崇文风气遍地花

红色故事谁不夸
贤良美德在播撒
美丽乡村景如画
今日固贤更奋发

喜闻静兴高速开通

静兴高速传喜讯
十月十四要开通
听到消息喜心中
乐坏咱们兴县人

兴太往返很轻松
一趟只需两时钟

好像邻居在串门
不用路上付苦辛

想想当年去太原
一路颠簸真疲倦
遇上堵车更心烦
车上过夜住宾馆

去趟太原真是难
旅途劳顿口难言
康家会，康西山
坡陡路险十八盘

尤其晕车更是难
路途不好时间长
一刹车，一拐弯
脸白头晕吐黄汤

模样好像狗翻肠
面色难看眼无光
坐在车上死人样
心里叫苦口难言

通了高速走娄岚

一路顺风三个半
低速还得走岚县
山高坡陡多危险

如今静兴能通车
千家万户笑开颜
又省时间又省钱
颂歌唱给共产党

静兴高速通车了

欣闻静兴要开通
老区人民齐欢欣

大爷乐得眼睛眯成了缝
大娘捋了捋头发显年轻
小伙子心情更激动
一脚油门往前冲
一定要体验静兴的好风景

南山的松柏哈哈笑

舒臂展腰把舞跳
妖里妖气模样俏
笑问秋风谁风骚

蔚汾河的水呀涟漪涌
一圈荡完一圈涌
遇上这样的好事情
激动的心情不能停

红色的土地红色的人
党中央和咱们心连心
心连着心呀筋连着筋
帮咱们争取到这好事情

秋高气爽好风光
二十大召开放光芒
领航掌舵党中央
意志坚定向前方

静兴献礼增光彩
兴县人民紧跟党
你追我赶谋发展
产业兴县创辉煌

两会精神暖人心

站在厅前开了音
我把两会说几声
三月里,春正浓
鲜花开满兴县城

杏花白,桃花红
海棠盛开笑春风
各方代表进县城
参加两会吐心声

乔书记,露笑容
亲切问候暖人心
真情满满鼓舞人
凝心聚力踏征程

梁县长,步沉稳
走到台前开了音
报告精炼好内容
字字句句入人心

史主任，很从容
人大报告做得精
责任担当记心中
再为兴县添光荣

法检两院也发声
报告精炼好内容
凸显政治来领军
法治兴县为民生

干部群众团结紧
去年成果数得清
一桩一件看得明
红色兴县添美景

忆往昔，不炫功
实实在在来比评
不怕人说不脸红
拾遗补漏再前行

看未来，有决心
蓝图绘就要执行
话暖心，鼓干劲

乘风破浪立新功

六项重点谋远景
六张大牌暖人心
代表们,很振奋
心情激动露笑容

今年工作要抓紧
俯身服务为人民
工农齐驱向前行
经济再上新高峰

充电桩,要实行
服务群众做先锋
时刻想着老百姓
点点滴滴为民生

停车位子要新增
以后停车不担心
不用担心贴罚单
停车再也不用难

"口袋公园"是新名
城市农村都可行

可大可小添美景
城乡处处是靓影

煤铝再上新高峰
高产高效多喜人
煤层气送到北京城
总书记和咱心连着心

说罢工业说农村
发展产业最当紧
保旧创新动脑筋
产业兴村是根本

品牌杂粮要做精
来之不易要用心
每个环节不放松
保质保量保好评

除陋习,树新风
移风易俗立新功
全民行动面貌新
争做文明兴县人

县委政府绘美景

干部群众往前行
学党纪,正党风
再为兴县争光荣

兴县人民有决心
发扬晋绥好精神
迈开步,往前行
再接再厉立新功

苦菜谣

苦菜苦来苦菜香
此物生来不平常
白嫩身体土里藏
绿色衣衫巧着装

汁多味苦品后香
敢与山珍比营养
夹上一筷嘴来尝
沁人心脾气也畅

春来苦菜遍地长
不择沟洼与山梁
携手春风共生长
伴随蛙鸣抒绿芳

没有柳丝情悠扬
不与桃杏抢春光
迎风顶寒生命强
点缀原野梳碧妆

个小身微志向强
与人相处情义长
舍身取义作贡献
留取美名万古扬

苦菜苦来苦菜香
曲折故事流传广
自古以来能代粮
历来灾年度饥荒

多少帝王遭流亡
苦菜总能尽己长
蒸炒煮拌能熬汤
粉身碎骨报君王

想想儿时缺口粮
身体瘦弱面色黄
肚子饿了咕咕响
开水苦菜也很香

如今生活步小康
苦菜成了营养粮
绿色环保又健康
桌上能见不寻常

从前吃它为解饿
如今吃它为营养
细思苦菜之贡献
小小身躯不一般

城乡通了公交车

张大嫂,李二嫂
走到跟前唠一唠
今天不唠别的事
就唠城区通公交

县委政府好领导
为咱群众把心操
去年城区通公交
今天城乡都通了

方便快捷服务好
绿色低碳又环保
按时按点来乘车
不用咱们花一毛

不用挤,不需吵
舒舒服服乐陶陶
乘客自觉守文明
欢声笑语车外飘

坐在车上往外眺
沿途美景竞风骚
山又绿来水又清
一路走来心情好

这个好,那个好
多亏咱的好领导

喜看城区通公交
全县人民面带笑

老也笑，小也笑
活在当下多骄傲
感谢党恩听号令
携手奔向阳光道

良心的故事

我讲故事大家听
听后品味个中情
冥冥之中有报应
做人做事存善心

古时有个好心人
名字就叫张天民
为人善良是好人
诚实守信讲良心

娶妻名叫王雪英

聪明贤慧美娇容
互敬互爱有真情
和睦相处好家庭

双方老人都孝敬
亲戚邻里都热情
人人都夸这两人
夫唱妇随好人品

唯有一事不顺心
成婚多年未能生
有人劝说张天民
休了雪英再结婚

天民说啥也不肯
坚决不能昧良心
依然敬爱王雪英
言行一致情义深

有年天旱遭年景
天民出门去谋生
临行盟誓表决心
以后穷富不变心

等到挣下十两银
一定赶早回家中
尽心侍奉咱双亲
恩恩爱爱度光景

雪英听了泪盈盈
安慰夫君张天民
你在外面放宽心
我在家中奉双亲

天民洒泪别雪英
怀揣盘缠向南行
跋山涉水步不停
一心要到扬州城

那日到了扬州城
悦来客栈住下人
洗漱干净好精神
俊眉朗目好后生

客栈老板本姓金
为人和气讲诚信
对待客人很热心

嘘寒问暖很热情

得知天民来谋生
一拍脑门想起人
此人也是生意人
扬州城里有名声

这个人物本姓辛
生意行上实在精
长年外地搞购运
皮草生意很火红

老板长年外地行
店里缺个管事人
天民也是精明人
打里照外一定行

次日两人来相跟
到了辛家叫开门
有问有答话说清
老板暗暗喜在心

长年奔波出远门
正好缺个管事人

眼前这人很实诚
让他办事也放心

老板同意用天民
一年给挣十两银
吃住都在货栈中
工资年底全结清

好个后生张天民
一心一意做事情
里里外外跑得勤
货栈生意更兴隆

转眼一年到年终
老板外地回家中
天民把账交待清
利率能把几倍增

老板见了喜在心
要把工资来结清
另外多给二两银
表示老板感激情

天民道谢收起银
再和老板说一声
离家已经一年整
欲回家乡看双亲

老板听后说声行
明天一早就起程
回去见罢父母亲
再来货栈勤经营

次日早晨辞了行
快步出了扬州城
归心似箭望家门
晓行夜宿走得紧

这天路过一驿亭
停下脚步歇一阵
连续几天赶路程
又累又困入梦中

远处走来一贼人
蹑手蹑脚进驿亭
看着天民睡意浓
不怀好意起歹心

小心接近天民身
将那包袱拿手中
转身就跑不见影
害苦好人张天民

不知不觉日西沉
天民酣睡方苏醒
摸摸包袱已无影
又是懊悔又伤心

坐在亭内细思寻
回家路途是远程
没有盘缠可不行
无奈重返扬州城

垂头丧气回店中
轻轻敲开货栈门
老板一见张天民
忙问发生啥事情

又气又恨又伤心
断断续续讲分明
丢了盘缠回不成

再回店中做事情

老板听了很同情
好言相劝张天民
不要恼来莫伤心
等待明年回家中

天民无奈安下身
安下心来做事情
不觉一年到年终
心里盘算回家中

人算从来不如天
世事时时在变幻
扬州城外起匪患
城门昼夜紧紧关

眼看不能回家中
急坏好人张天民
半夜三更难入眠
抽上烟袋苦思寻

抽着烟袋发叹声
我这命运怎不行

从小到大存善心
为何过成这光景

一边抽烟一边叹
不知不觉入梦乡
梦中听见有人唤
叫上天民回家乡

天民睁眼仔细看
天黑啥也看不见
只听耳边风声响
自己不知去何方

一阵工夫到家门
家人已经入梦中
天民敲门叫雪英
快给夫君开大门

雪英听见有人声
忙问门外是何人
天民说是你夫君
今天晚上回家中

雪英定神听清人

方才下地开了门
天民闪身进家中
夫妻两人诉别情

恩恩爱爱说不尽
千思万想道分明
洗漱过后犯烟瘾
拿起烟袋吸口中

抽完烟,入帐中
云翻雨覆播甘霖
忽然远处鸡打鸣
天民才从梦中醒

醒来还在扬州城
才知方才在梦中
无可奈何叹几声
宽衣解带入帐中

次日起床想抽烟
烟竿烟袋都不见
翻箱倒柜都找遍
就是不见烟袋面

天民心里很纳闷

心想自己灰命运
一生坎坷不通顺
烟袋丢了增烦闷

不觉又是一年整
兵变平息已太平
老板工资全结清
提前打发回家中

依依不舍送出城
天民大步往前行
归心似箭步生风
一路望北向家行

晓行夜宿不需表
饥餐渴饮踏风尘
一路辛苦说不完
这日终于回家中

敲开门,进家中
首先问候父母亲
堂前走来妻雪英
怀中抱的一男童

天民不觉恼上心

一脸不悦露怒容
责问妻子王雪英
这个孩童是何人

雪英见状开了音
老天有眼帮助人
这是咱的小亲生
刚刚出生两月整

天民心中起疑心
左思右想很纳闷
我已出门三年整
今天才回自家门

小孩出生两月整
莫非老婆找情人
越想越是不对劲
要让雪英交待清

雪英听后开了音
叫声郎君仔细听
去年今日夜已深
你慌慌张张进家门

夫妻久别胜新婚
鱼水交欢情义浓
睡到鸡叫你起身
不打招呼离家门

从此为妻有身孕
十月怀胎终出生
白白胖胖是男童
至今刚好两月整

张天民，又开音
我离家门三年整
从没回过家门中
此儿何言是亲生

王雪英，笑开音
叫声夫君张天民
不长记性长忘性
难道为妻会骗人

你回家中犯烟瘾
走时烟袋丢家中

待我拿来你看清
想想是否曾回门

拿来烟袋看分明
自己烟袋认的准
想想去年那一梦
忙和雪英来说清

两人说的都相同
时间地点记的清
想来想去谢神灵
老天有眼帮好人

此时孩子哭出声
天民上前看分明
小孩伸手抓天民
手心有字如胎印

左手良字右手心
"良心"二字看的清
抱着小孩心潮涌
好人终有好报应

故事讲的有点神
说到此处就要停
教育大家做好人
为人处事讲良心

贫困户的故事

有个村民张保平
娶个妻子叫小琴
年近四十好年龄
懒惰成性受贫穷

喝酒一顿腾一瓶
酒后还爱发酒疯
疯疯颠颠瞎骂人
看见他爹骂龟孙

眼看孩子上高中
因为伙食常求人
夫妻两人常争论

生事打架不安宁

自从评上贫困户
保平的思想退几步
庄稼好赖不照顾
总想来把政府靠

这下难坏村干部
想方设法去劝阻
费尽心机想帮助
无奈保平思想太牢固

提的要求很可笑
只想伸手来相要
低保救济都想要
全靠政府把他的穷根来拔掉

支部书记王爱民
反复琢磨细思寻
决定设法帮保平
定叫懒汉变得勤

高粱白酒提两瓶

鸡蛋买了四五斤
瞅住孩子回家中
爱民就把保平寻

保平看见很惊奇
小琴看见乱猜疑
不知书记是何意
愣里八怔眼迷离

爱民书记开了音
叫声弟妹刘小琴
炒上鸡蛋开酒瓶
我陪保平喝几盅

叫声保平我兄弟
咱俩今日喝一气
每人一瓶不怎地
看看谁先有醉意

鸡蛋炒下一小盆
两人开始把酒饮
喝起酒来话不停
东拉西扯入戏中

保平夸他很贫穷
这次定能把利盈
爱民随他说几声
由他把话都说尽

话锋一转就开音
你这兄弟不够人
保平一听慌了神
兄弟我怎不够人

爱民慢慢放酒盅
指指旁边的高中生
你这当爹的真不行
根本不是个正经人

孩子是咱的接班人
因为念书你常求人
你胳膊不疼腿不疼
为啥这样来丢人

再看弟妹刘小琴
多年不用化妆品

秋衣还在打补丁
你算甚球的个大男人

小琴一听泪水噙
孩子一听转过身
保平一听如同五雷来轰顶
瞪起双眼看着书记王爱民

半晌保平回过神
拉住书记王爱民
老哥你说该怎整
我改掉懒惰要脱贫

爱民拍拍张保平
兄弟你可要听真
党的政策好得很
要帮穷人来脱贫

脱贫不能等靠要
改变观念很重要
发展产业很必要
抓住机遇很需要

保平一听开了窍
连忙上前把哥叫
从此不在等靠要
一切听从哥指教

书记一听又开音
不知此话真不真
要是此话能当真
我愿帮你早脱贫

保平忙说行行行
如果不真我就不是人
就算不为我本人
也要为孩子和小琴

好个书记王爱民
低声细语变话音
我为兄弟搞资金
一定帮你来脱贫

保平从此变了人
早晚不离看书本
养猪技术全学通

再也没有抓酒瓶

书记又来把他寻
帮他贷款引资金
修起猪圈养上猪
起早贪黑能吃苦

五个月后出了栏
两口子翻出老算盘
刨去饲料仔猪款
净挣五万八千元

这下乐坏了张保平
啊呀,书记的办法实在行
百头肥猪变金银
至今日我可是脱了贫

贫困户们快来听
保平的事迹是典型
如果你在迷途中
抓住机遇学保平

移风易俗好风尚

甲：打竹板，开了言
　　我把移风易俗来宣传
　　新时代，新气象
　　咱农民也要有形象

乙：修指甲，勤洗脸
　　起床以后好着装
　　讲卫生，好习惯
　　持之以恒好形象

丙：老有老的好模样
　　小有小的俏模样
　　衣着干净人精干
　　再也不能邋遢样

丁：常洗被套和褥单
　　勤扫室内和庭院

家中物件巧摆放
　　整整齐齐不显乱

戊:街头谈论改方向
　　不说别人长和短
　　嘘寒问暖拉家常
　　邻里之间情意暖

己:不吸不赌不涉黄
　　不借酒兴去疯狂
　　恶习陋习扔一旁
　　言行文明树榜样

庚:一家有难众人帮
　　不在一旁冷眼观
　　真情相助人心暖
　　人间何来三尺巷

辛:儿女婚姻讲自由
　　大人不可管过头
　　参考意见可保留
　　千般阻挠不可有

甲:彩礼适可有意义

不让女儿去生气
今天进门是女婿
他日是儿也体贴

乙:婚姻不是谈交易
致富不能靠彩礼
不和别人去攀比
孩子幸福排第一

丙:彩礼若还要重金
你可真是丢死人
女儿女婿怨气生
以后把你当路人

丁:为人父母心相同
只盼儿女能舒心
家庭和睦暖融融
生活幸福才是真

戊:彩礼若是要重金
孩子受罪咱担心
彩礼若是要得轻
一家人家都轻松

己：红白事务要简办
　　铺张浪费是大患
　　请客上礼大操办
　　害人害己不可犯

庚：事务饭菜要简单
　　上礼只上一百元
　　人之情义看来往
　　不看上礼多少元

辛：老人辞世需简办
　　顺应时势去火葬
　　别让坟地满山梁
　　家园成了乱坟场

甲：儿女贤孝在生前
　　死后莫求把名扬
　　生前能把福来享
　　何需死后大操办

乙：乡村文化气息浓
　　以身示范育后人

要使村兴家也兴
人人都要来尽心

丙:新时代,新气象
农民也要新形象
多学技术谋发展
勤劳致富家业旺

丁:勤劳致富多光荣
懒汉思想多丢人
摒弃陋习做好人
致富路上来同行

合:说一千,道一万
移风易俗要实干
积极行动去实现
农村迎来新气象

扶贫开出幸福花

竹板一响开了音

我把扶贫说几声
一桩一件是实情
希望大家仔细听

党和咱们心连心
全心全意为人民
英明决策来扶贫
各项政策暖人心

我们老区兴县人
晋绥精神记心中
发扬革命老传统
团结一致砥砺行

县委政府费苦心
日思夜想要脱贫
各个项目审核清
心中常怀家园情

红色旅游立头功
忆苦思甜不忘本
革命故事育后人
脱贫致富有决心

景区农民多开心
开宾馆来做餐饮
土产特产纪念品
起早贪黑勤经营

工作队员齐进村
走家入户问民情
对症下药识别准
要把贫穷赶出门

讲政策,聚人心
传技术,强技能
人人争当急先锋
攻坚路上大步行

村通公路宽又平
家家窑洞白又明
上学看病不求人
政府补贴真暖心

村里有了环卫工
大街小巷洁又净

绿树红花鸟争鸣
碧水蓝天如画境

电也通，网也通
自来水儿进家门
吃穿不愁多舒心
三个保障见真情

文化室里传笑声
下棋看书很认真
笛子声，二胡音
电子琴声更抒情

唱戏曲，唱道情
新歌老歌都用心
你一阵，我一阵
感觉如同大明星

文化广场舞成影
细看都是老农民
翩翩起舞步轻盈
载歌载舞多开心

卫生室里亮又明
村医同志坐其中
不再称呼"赤脚"人
为民服务排头兵

产业发展助脱贫
特色农业是亮星
梨树绿来钙果红
如同雨后那春笋

再看基层带头人
一天到晚忙不停
党的教导记心中
为民服务好作风

勤动手，多费心
记初心，担使命
全心全意为人民
人人都怀赤诚心

贫困户，笑盈盈
不再要来不再等
汗水换得收入增

勤劳致富多光荣

摘掉穷帽脱了贫
遵纪守法做好人
幸福安康感党恩
携手共建新农村

老鼠娶亲

老鼠儿子要结婚
请下松鼠老先生
礼房里头管账本
各项营生都分工

先生戴的眼镜镜
水烟抽了一阵阵
抽完烟,品香茗
慢慢腾腾开了音

喜鹊姑舅快来听

你上枝头报喜讯
瞎佬两姨肉墩墩
你把饭菜做现成

迎亲队伍慢步行
娶上新娘要当心
锅头镇上倍操心
黑狸猫儿守其中

狸猫是个大恶人
锅头镇上早出名
千万不敢把它惊
惊它怕坏大事情

因为此人武艺精
打起架来实在凶
一人能敌十个人
稍不小心要丧生

迎亲队伍听分明
吹吹打打出了门
炕洞沟里谨慎行
炉腔旮旯不吭声

眼看来到锅头镇
收住锣鼓不发声
蹑手蹑脚往前行
悄悄绕过锅头镇

松了气，放下心
敲锣打鼓好威风
加快步子往前行
终于到了亲家的门

亲家住的好门庭
不知有多少窗和门
对子贴的红腾腾
灯笼点的高又明

亲家一家笑盈盈
双手作揖把礼行
迎进大堂来坐定
好酒好菜待亲朋

吃完饭，迎上亲
新娘坐到花轿中

吹吹打打又起身
走了一程又一程

眼看又到锅头镇
收住锣鼓不发音
先让探子探险情
众人坐下定定心

一阵探子报回音
狸猫还在睡眠中
迎亲队伍喜在心
迈开大步往前行

轿夫跑的圪噔噔
颠的新娘受不行
受不行也还得忍
忍住难受不敢哼

一会来到锅头镇
蹑手蹑脚慢步行
就怕惊醒猫凶神
醒了就没好事情

狸猫正在睡梦中
唔喽唔喽正念经
睡的久了要翻身
伸腰哈气添嘴唇

微微睁开大眼睛
忽然瞥见老鼠影
脑子马上一激灵
嗖的一下跃起身

说时迟,那时快
狸猫钻进老鼠群
如同一个大将军
左冲右杀好威风

犹如饿狼进羊群
迎亲队伍好心惊
自知难敌猫瘟神
慌慌张张去逃生

现场丢下两新人
顷刻之间丧了生
其余老鼠逃了命

慌慌张张回家中

一进门，起悲声
老爷太太快听清
我们迎亲回家中
途中路过锅头镇

遇上狸猫大瘟神
拳打脚踢抖威风
我们自知不能行
跑回家里来报信

可怜少爷少夫人
狸猫手下丧了命
狸猫凶狠早出名
估计尸首也入肚中

鼠爹鼠娘听此讯
嚎啕大哭泪淋淋
此仇不报非为人
定找玉帝讨公平

离了鼠洞到天庭

一阵就到南天门
守门天将问分明
才将鼠爹放了行

鼠爹移步进天宫
看见玉帝坐正中
文武神仙列两旁
阵势威严慑人心

鼠爹跪倒在殿中
哭哭啼啼诉冤情
玉帝一听动了容
快传狸猫大恶人

狸猫听宣吃了惊
急急忙忙上天庭
玉帝沉脸问原因
狸猫不敢来瞒君

一问一答讲分明
所做坏事都说清
玉帝听罢怒冲冲
传旨快斩大恶人

鼠爹一听好开心
不由自主忘了形
爬上米袋显本能
咬烂米袋钻进身

狸猫一见喜心中
恳求玉帝来放生
老鼠生性是坏人
咬衣偷食常害人

狸猫本人有热心
为民除害显真情
老鼠既是一坏人
杀它何必要留情

玉帝听罢又开音
你说老鼠是坏人
无凭无据莫坑人
拿出证据才是真

狸猫一听忙开音
我说鼠坏不骗人

不信你看米袋中
他已吃饱入梦中

玉帝一指太白星
米袋里面查分明
解开米袋倒殿中
老鼠地下现了身

玉帝一见又开音
本王今日把案审
各位仙家听分明
原告被告也听清

老鼠生来是坏人
咬衣偷粮常害人
狸猫天生好武功
今后专门治坏人

从此猫鼠成仇人
子孙后代都传承
不见面了还安宁
一见面了把气生

学习二十大,放歌新农村

甲:打竹板,响叭叭,
　　刚一开口笑哈哈。
　　你要问我是为的个啥?
　　听我和你拉一拉。

乙:北京召开二十大,
　　治国理念新规划。
　　中国迈开时代新步伐,
　　复兴路上可要更奋发。

甲:我们学习二十大,
　　人人心里乐开花。
　　更新思想跨战马,
　　跃马扬鞭再出发。

乙:别的地方咱不说,
　　只把农村农民来叙述。

农村是个大市场,
大有可为做文章。

甲:农村干部要担当,
勇挑重任建家乡。
责任扛在肩膀上,
乡亲们装到心坎上。

乙:心激动,夜难眠,
辗转反侧细思量。
新农村,新需要,
把握方向最重要。

甲:找问题,找难题,
找出题来再解题。
发展阻力都找齐,
对症下药创业绩。

乙:找门路,做产业,
致富门路来寻觅。
不怕苦,不怕累,
振兴乡村展风采。

甲：发扬吕梁好精神，
　　艰苦奋斗向前行。
　　科技力量显神功，
　　产业兴村领头军。

乙：新时代，新农村，
　　思想观念要更新。
　　党的政策咱们要紧跟，
　　生存方式也要来更新。

甲：乡人不再去打工，
　　发展产业可生金。
　　农村本是咱的根，
　　返乡创业做能人。

乙：猪场牛场养羊场，
　　还有现代养鸡场。
　　一户一场是榜样，
　　规模养殖闪亮光。

甲：耕地不再用黄牛，
　　播种也不再用耧。
　　锄草不用铁锄头，

打上农药等秋收。

乙:新品种,新物种,
　　经济效益翻倍增。
　　羊肚菌,香菇棚,
　　地上能种赤松茸。

甲:蔬菜棚,四季青,
　　青椒尖椒和大葱。
　　生菜油菜油麦菜,
　　有机蔬菜人喜爱。

乙:水电路网早已通,
　　基础设施样样行。
　　产业形成大梧桐,
　　乡人纷纷回农村。

甲:做产业,下苦功,
　　勤劳致富最光荣。
　　互相帮助乡情浓,
　　最美还是咱农村。

乙:有事做来有钱挣,

父母面前尽孝顺。
邻里和睦情义重，
乡风文明谁不颂。

甲：你看这农民活的多豪气，
日子过的多甜蜜。
农村有了大生气，
这样的干部才牛气。

合：新时代，新农村，
人人争做新农民。
摒陋习，树新风，
携手建设新农村，
新农村！

兴县杂粮赛珍宝

甲：打竹板，走上前，
来到台上开了言。
今天不说别的事，

只说咱兴县的小杂粮。

乙：小杂粮，品种全，
　　一时半会说不完。
　　慢慢听，细细品，
　　一个一个讲分明。

甲：我在这里夸杂粮，
　　各位听众听端详。
　　好粮出自咱兴县，
　　听我慢慢来讲演。

乙：听着了。你好好说。

甲：红色兴县美名扬，
　　得天独厚好地方。
　　自然条件不一般，
　　盛产五谷小杂粮。

　　这些杂粮实在好，
　　颗颗粒粒似珍宝。
　　好看好吃营养高，
　　粮食市场领风骚。

乙：对。

乙：小米产在黄土塬，
　　颜色金黄发亮光。
　　熬下一锅小米饭，
　　不揭锅盖已飘香。

　　上飘米油金光闪，
　　下面米粒黄灿灿。
　　不用多想来一碗，
　　喝到肚里真舒畅。

甲：产妇产期需营养，
　　每日不离小米饭。
　　身体恢复来的快，
　　奶水多来孩子胖。

　　病人老人躺在床，
　　就爱一碗小米饭。
　　容易消化又营养，
　　疾病消除早复康。
乙：多好啊！

甲：荞麦外表三棱棱，
　　里头躺的麦仁仁。
　　白白嫩嫩好身身，
　　真是一个惹亲亲。

乙：还惹亲亲了。

甲：碗秃凉粉拉叨叨，
　　这些小吃实在好。
　　好吃不贵销路俏，
　　坐上飞机跑港澳。

　　荞麦皮皮也是宝，
　　装成枕芯用布包。
　　不软不硬正好好，
　　不知不觉就睡着。

乙：你说荞麦好，我夸莜麦好。
甲：那你说。

乙：莜麦它是山中宝，
　　粗粮细做营养高。
　　三生三熟经蒸炒，

工艺独特口感好。

搓鱼鱼,捏圪坨,
也有人说是猫耳朵。
又细又长是河捞,
推成卷卷叫栲栳。

葱油辣子腾蘸的,
猪肉羊肉做臊子。
加上山药圪蛋子,
香的来是没说的。

甲:不错。
乙:绿豆一身绿衣裳,
　清热解毒本性凉。
　成份特殊多营养,
　医用食疗功效强。

　夏日炎炎起火霜,
　常备一碗绿豆汤。
　又凉快来又泻火,
　喝上一碗真是爽。

甲：圆圆黄豆一身黄，
　　晶莹剔透着玉妆。
　　早上可以做豆浆，
　　中午豆腐蘸辣酱。

　　炒豆豆，捣钱钱，
　　吃在嘴里味香甜。
　　炒下黄豆和高粱，
　　磨成炒面格外香。

乙：红小豆，是珍宝，
　　经济价值实在高。
　　健脾利胃效果好，
　　消除水肿是一宝。

　　红芸豆，有风骚，
　　喜欢高寒山里跑。
　　增强食欲可食疗，
　　做成口红色泽好。

　　豌豆收获比较早，
　　预防三高也很好。
　　豆荚甘甜难言表，

任何果蔬比不了。

甲:各种豆子来见面,
　　还数豇豆排在前。
　　粗粮细做实在香,
　　兴县豆面美名扬。

　　捺钵子,抿尖尖,
　　拿个盘子来剔尖。
　　工艺独特味道香,
　　三天不见想断肠。

乙:糜黍个子不太高,
　　美食界里竞风骚。
　　黄米捞饭笊篱捞,
　　乡情乡味记得牢。

　　包红枣,吃枣糕,
　　包红糖的是角角糕。
　　芝麻白糖蘸油糕,
　　香甜可口实在好。

甲:再有没有了?

乙：有。

甲：还有啥？

乙：你听。

乙：有个豆子很特殊，
　　穿的一身黑衣服。
　　含的养份很难数，
　　营养价值无法估。

甲：这是个啥？

乙：食用人称叫糊糊，
　　医用人说是药膏。
　　经济价值实在高，
　　黑豆是个宝中宝。

甲：噢。

甲：这些杂粮都是宝，
　　长期食用体质好。
　　身强体壮精神好，
　　绿色健康疾病少。

乙：有了三高莫烦恼，
　　求医问药配食疗。

每日杂粮不可少，
腿不摆来头不摇。

甲：吐字清晰不含枣，
眼睛有神面色好。
扔掉拐杖小步跑，
功效奇特就是好。

合："精品杂粮"是目标，
倾心尽力要做好。
要问天下杂粮哪里好？
咱们兴县杂粮赛珍宝，
赛珍宝！

说微信害人

打竹板，竹板打
手机惹下了大麻烦
微信群有很多种
有事没事进群中

这里头

有闺女,有壮汉

有农民,有党干

有小孩,有老汉

有老板,有小贩

有的人

哥哥长,妹妹短

偷偷摸摸搞浪漫

网络名字经常换

美女头像巧装扮

惹的些男人心扉乱

天天想念常期盼

有的人

网上异性很稀罕

私聊约会找情感

家庭和睦他不管

为找真爱乱拾翻

不管别人来指点

为爱付出不要脸

群里头

有的白天活不干

专心聊天到夜半

有的潜水偷的看

有的灰鬼话也烂

你看那
有的表情很灿烂
有的自悲在轻叹
有的唱歌唱得烂
掌声也是一大片
家里头
有的躺着有的站
抱着手机眼不转
吃饭还得叫几遍
只把微信来惦念
夫妻睡觉面背面
温存体贴很难见
真正是
宁愿三天不吃饭
也得群里转一转
有的家庭来解散
有的家产全败光
手机惹下大麻烦
你说该怨不该怨

后　记

《故乡那条河》付梓之际，万千思绪如春汛漫过河堤。以浅薄学识执笔故园风物，用粗拙文字记录乡土人情，这份忐忑中，涌动着重若千钧的荣幸。

回望来时路，实难料想当年辍学少年竟能叩开文学之门。从最初的顺口溜创作到如今的诗歌、歌词写作，如果说在方寸稿纸上取得些许星火微光，那必是无数双温暖手掌共同托举的成果。刘玉清同学的细致讲解，贺彩屏大姐的殷切关怀，梁桂连老师的悉心点拨，李迎斌兄长的真诚鼓励，如春风化雨，滋养着这颗文学幼苗。尤难忘诸位师长"守土护根"的谆谆教诲，让我的创作始终扎根于泥土的芬芳，在打工间隙、劳作之余的时光褶皱里，倔强地生长出文字的新芽。

在此特别向兴县县委宣传部、县文联、新时代文明实践中心及固贤乡党委政府的培养致谢，正是这些文化沃土的滋养，让田间地头的歌谣得以装订成册。饮水思源，康湘坪老师引我初窥歌词门径的身影恍如昨日，王瑛恩师传道授业的场景历历在目，两位引路人的心血浇灌，终使山野清风谱成了可以吟唱的乐章。同时也向作序的李喜平老师致谢，他画龙点睛的序言，颇为本书增光添彩。

  吕梁山麓的晨昏依旧在续写新的故事，蔚汾河水的清波永远翻涌着创作灵感。这方水土馈赠的不仅是取之不尽的素材，更是流淌在血脉里的文化基因。未来岁月，我愿继续以赤子之心触摸故乡的每道年轮，用质朴文字镌刻草木荣枯，让那些深埋黄土地的歌谣，乘着新时代的东风，飘向更远的远方。自知我的笔触难脱笨拙，但字字句句皆是从心尖滴落的露珠，难愿这些文字能汇入赞美家乡的永恒长河。

李计堂